湖中之光
The Light in the Lake

莎拉．鮑曼 Sarah R. Baughman／著　柯清心／譯

致父親、母親，
你們為我朗讀，
並保留我所有的故事。

目錄

前言

媽媽說，認為山不會動的人，是短視的人。媽媽說，群山一直在移動，無論我們是否能看得出來。

我們若是能看到時間更快速的移轉，或生命能長到看見最初冰川在此地流動的情況，我想，我們便能看得見、明白了。

我們在科學課上講到，幾百萬年前，山群聳立得比雲層還高。有時我凝視群山良久，覺得彷彿能看到它們以前的樣態：圓呼呼的綠色山巔在我眼前隆起，穿越天空，稜角比現在更加分明。接著我眨眨眼，群山便又恢復到原處了。在山裡，感覺周邊的每個事物——波瀾拍擊的楓樹湖，以及嘆息的風聲——都在緩緩的吐納呼吸。

然而我只看出自己既知的過往景象，那是媽媽和科學課本告訴我的。

埃莫斯卻看到了其他東西，他希望我也能看見。

埃莫斯喜歡漂浮在湖上，被苔石累累、雪松鬱鬱的群山環繞。水浪輕吐著各種祕密，埃莫斯說，我們僅需聆聽即可。埃莫斯非常篤定，寒冷的湖水裡住了東西，某種古老龐大而閃閃發亮的東西。

「妳得仔細的看。」他站在沙灘上說，「看真切了，雅蒂。」

可是當我瞇起眼睛，望著他堅持說在湖水中央慢慢變大、波光粼粼的形影後，我搖搖頭，「就只是一根木頭，」我說，「如此而已。」

我並不是沒有看到亮光，或對這座湖的愛比埃莫斯少，其實我在湖邊感覺最為自在。問題是，我有自己看待世界的方式，埃莫斯有他自己的。

大家都說我們長得很像——我們是異卵雙胞胎，有同樣的葉綠色眼眸和瘦巴巴的膝蓋。頭髮一樣色如黃砂，又粗又亂。

可是他們沒說的是——因為他們看不見——在相似的眼睛、頭髮、皮膚和骨頭底下，有某種更強烈的東西，將我們緊緊繫在一起。埃莫斯的心與我是相連的，我在這裡，是因為他在，反之亦然，永遠不變。如此穩固實錘的事，本來應該不會變了。

然而有時候卻是會的。冰河的堅冰，切穿了這些山巒，並向下擠壓，直到最後將堅硬銳利的岩石壓成碎石。當天氣回暖，冰層融化為清水，便為我們留下了佛蒙特州最深的湖泊——楓樹湖。

爸爸說，我們的血管裡流著湖水，也許是真的吧。埃莫斯和我平常不是跟著媽媽游泳，就是跟著老爸釣魚，希望能釣到我們整年想釣起的鱒魚、香魚和河鱸。

我指的是以前。今年春天，埃莫斯跌入湖裡，自此長眠湖底，躺在以前曾為高山，此時卻深不見底的湖泊裡了。

如今我在講述一切時，都必須用過去式了。

媽媽再也不談群山的事了，她根本不太說話。

「媽媽，妳想去打水漂嗎？」有時我會鼓起勇氣的問她。我們可以把山扔回山，看碎石在水面上彈跳。

可是媽媽現在即使拒絕時，也幾乎不看我了。

1 雅蒂與楓樹湖

學校裡充滿鬧聲與燈光——學生高聲叫喊，背包相互撞擊。我們學校有混凝土磚牆，以及沉重到得花半天才推得開的金屬門，而且門一打開，便又轟然關上。學校餐廳永遠飄著罐頭青豆的味道，可是我想，那就是學校的好處，即便萬事皆有了改變，學校仍如常的運作。

我低著頭穿過走廊，肩膀擠撞著莉莎的肩。她是我堂姐，也是我最要好的朋友，不會在乎我撞到她的肩膀多少次。有時她會輕輕拉住我的手肘，引我走往正確的方向。

十步，我告訴自己，十……九……八……過去兩個月，我經常盯著自己的腳，數著步伐。所有同學都盡量不看著我，但他們的眼神充滿了各種竊語。我這個辦法還挺管用的，只是有一回，我不小心撞到一位誤闖國中部的幼兒園小朋友。這棟大樓裡有九個年級的學生，我們應該特別呵護最年幼的孩童。

莉莎和我來到科學教室，我很快的吸了一口氣。

戴爾先生總是站在科學教室外，然後伸手跟進教室的學生握手。我原本以為他過了九月就不會再那麼做了，但現在已經接近年底了，老師仍不厭其煩的上上下下的跟我們握手。

「雅蒂和莉莎！」他說，「歡迎。」

「這條海綿寶寶領帶好可愛。」莉莎忍著笑，瞄我一眼。我們兩個都很想知道老師有沒有重複戴過一條領帶，或是他的領帶是否真的跟上學日一樣多。這條海綿寶寶領帶是新的，而且看起來挺蠢的。

戴爾先生只是逕自的笑，「很高興你們有這麼好的品味，這是我兒子挑的；濱地郡所有學齡前的孩子好像都在戴，或想要一條這種領帶。」

由於已經剩下最後一週的課了，大部分的老師都不再給學生出功課了，但是戴爾先生自五月起，就要我們將月亮週期畫成圖表，他說沒有理由在整個學期結束前中斷。當莉莎和其他同學開始從背包裡拿出圖表時，我才發現自己昨晚忘記觀察月亮了。

戴爾先生在教室裡巡視大家的功課，他停頓了一秒鐘，用一根手指敲敲我的書桌。我垂眼一看，瞧見桌上貼了一小張黃色便利貼，上頭寫道：深呼吸！還畫有一個怪眼的笑笑臉，以及他的簽名：戴老師。

這陣子我若沒交功課，老師們通常只是什麼都沒說的走過去。戴爾先生是唯一會給我留小紙條的人，讓我覺得自己或許有一天會熬過去。

「各位的畫看起來很棒。」戴爾先生告訴全班，他拿起莉莎的圖，放到投影機上，莉莎的畫便投射在白板上了；看得出來她是用生日收到的炭精筆畫的。

「莉莎，」老師說，「能麻煩妳描述一下昨晚看到的月亮嗎？」

「還是弦月，」她說，「比前兩晚還小。」

「很好。」戴爾先生說，「月亮為何會持續變小？那又是——哪一種弦月？」

下弦月，我心想，跟莉莎說的一致。虧月：會愈變愈小，直到幾乎不剩什麼。莉莎那顆完美的新畫的月亮，在以炭精筆塗成的密實夜空裡閃閃放光。

「好像有點怪怪的。」我說，我被自己的聲音嚇一跳；這話放在腦子裡，聽起來比較順耳，可是已經來不及收回了。

戴爾先生點點頭，感覺是老師想讓學生參與談話，但又不確定學生能否接話的點頭方式。「怎麼說呢，雅蒂？」

「呃……」我愣在那兒，戴爾先生等著，其他同學則開始煩躁起來，「我們說看到月亮，其實指的是發出銀光的那一部分。」

「沒錯。」戴爾先生說。

「可是把它畫到白紙上，其實是無法畫出那一部分的。」我看著莉莎的炭精筆色塊，「你得畫出黑色的部分，利用暗處去襯托出明亮的部分。」我還沒真正細想便劈里啪啦的說，「所以畫的其實不是月亮，而是畫出一點一滴掩蓋住月亮的陰影，直至看起來根本沒有月亮。」

等我說完，教室裡安靜到我都能聽見外頭的風，風吹得樺樹的新葉嘩嘩響了。莉莎只是瞪著我，眼睛張得跟滿月一樣大。其他學生也望著我——這群我認識了一輩子，但自從埃莫斯死後就一直拚命迴避看我，以免表錯情、說錯話的朋友。他們不曉得，其實沒有正確的方法，所以還不如大大方方的看著我吧。

戴爾先生似乎不覺得訝異，他僅是點點頭，「說得非常好，雅蒂，」老師說，「涵蓋了科學與哲學，黑暗使我們見到光明。」

莉莎舉起手，她知道我不喜歡成為焦點，也許她正飛快的動著腦子想幫我。「其實黑暗的部分也是可以看得見，」她說，「我的意思是，如果仔細看，可以看出它在空中的形狀。」

「有人能預測，黑暗何時會蓋住整個月亮嗎？」戴爾先生問，「你們認為，這個下弦月何時會完全消失，然後再給我們一輪新月？」

「永遠都不會嗎？」教室後方角落，達倫・安德魯斯暗笑說。我翻翻白眼，埃莫斯是達倫的朋友——是達倫從幼兒園起，少數幾位朋友之一。

達倫小時候老愛惹麻煩，總是趁老師起身檢查大家的作業時，坐到老師椅子上轉圈圈、敲桌子，也總是在聽故事時搔其他小朋友癢。我跟他從來不親近，但以前達倫在走廊上至少會對我點頭，現在他也跟其他人一樣，把眼神移開。

戴爾先生嘆口氣，「達倫，」他說，「我們對月亮有點信心行不行，好歹月亮也存在很長的時間了。還有誰要說？」

「一天嗎？」有人問。

「才怪啦。」莉莎說，「一定超過一天。」

「也許不會超過太久哦，」戴爾老師說，「晚上繼續觀察，看會維持多久。」

下課後，莉莎留下來陪我，並沒有像埃莫斯去世前那樣衝往美術教室。我拉上背包拉鍊——我知道自己拖太久了，因為莉莎不停的瞟著時鐘，雖然她從不催促我——然後我將背包甩到一邊肩上，起身準備離開。

「雅蒂，」戴爾先生指著我的方向說，「我能跟妳談一下嗎？我會幫妳寫個簽單給美術老師。」

我折回去站到戴爾先生的書桌邊，揮手跟莉莎道別。「我今晚會觀察月亮，」我含糊的對老師說，「我昨天晚上忘記了，我——」

「不是那件事，」戴爾先生說，「我只是希望妳能考慮看看，申請我們之前談過的少年科學家一事。」

我忽然想到，戴爾先生留在我桌上的那張皺巴巴的便利貼。是該深深吸口氣了。埃莫斯死後，我缺課很久，因此等我返校後，戴爾先生告訴我，這個暑假有機會到楓樹湖跟著科學家們學習水域的研究方法時，我知道老師只是想幫助我趕上進度。

但我還不確定該如何面對楓樹湖，那裡曾經是埃莫斯和我最愛的地方，現在他走了，感覺都不一樣了，看到湖我便覺得心痛。

戴爾先生第一次跟我提到少年科學家一事時，我不是沒仔細聽，只是在那個當下，任何人說的每件事，聽起來都像在水底說話。所有話語含混難辨，且大部分都左耳進、右耳出，我就是聽不真切。

我垂眼看著散放在老師桌上的文件，「呃，」我慢慢回說，「我一直有……」

「……有考慮這件事嗎？」他問。

「我是有考慮，可是——」我用手指絞著背包的帶子。

「妳應該好好考慮一下。」戴爾先生身子往前一傾，移動文件，開始拿筆在文件上工作，也許他知道我需要一些時間細想。

少年科學家的工作地點在生物站，那是佛蒙特大學的一大片湖岸私領地。科學家們會去那裡監視湖水的清澈度與溫度，記錄野鳥觀察，並研究如何砍伐、利用樹木，以維護森林的健康。埃莫斯和我小時候，經常到生物站附近的自然步道玩捉迷藏。

「所以……是每天要去嗎？」我問。

「是啊。」戴爾先生說，手裡仍在核對文件。

「研究人員一週去五天，我也是，因為我正在讀碩士，我們希望少年科學家週間每天也都能到。」

戴爾老師知道我將來想當水生生物學家。這是有一次全班談到大家將來長大想做什麼時，我在教室裡說的，大部分同學都只是呆愣愣的想著。

在我還沒想出該如何回覆前，戴爾先生便打破沉默，表示水生生物學家不僅研究海洋，還研究淡水湖和河流。我們位於群山之間的佛蒙特州，正是山川兼備之地。

「如果妳被接受，」戴爾先生從文件中抬起頭，繼續說道，「而且一切進行順利的話，明年七年級時，妳就能參加科學俱樂部，不必等到八年級了。我們可以開個例外。」

聽起來很不錯，科學俱樂部的成員可以每週坐一次巴士到高中，跟高一的學生一起在地球科學課做超酷的實驗。

「這個暑假的研究計畫是什麼？」我問。

「我們在調查湖水的汙染程度。」戴爾先生說著，並將一疊文件放到一旁，疊起雙手，「妳可以學習檢測水質採樣，輸入資料——」

「汙染程度？」我覺得雞皮疙瘩都豎起來了，「楓樹湖又沒受到汙染。我爸爸說，那是本州最清澈的湖。」

「湖水看起來或許很清澈，」戴爾先生說，「但是根據一些初步觀察，實際上已經到達並非表面上看起來那麼乾淨的程度了。我們想知道原因。」他直直的看著我，「妳在楓樹湖上待過很長的時間。」

淚水刺痛我的眼睛，大部分的人都不敢再跟我提楓樹湖了。

「辛苦妳了，」他柔聲說，「發生了……那麼多事情……，」

我抬起頭，說出來吧！我心想，直接說吧！都沒有人講出來。

戴爾老師彷彿聽到我的心聲，他清清喉嚨，「埃莫斯，」他說，「妳哥哥的事。」

聽到戴爾先生說出埃莫斯的名字，心情多少有些抒解，就像教室脹大到快要爆炸，有如過滿的氣球，而埃莫斯的名字讓氣球一下爆開，一切又回歸原點，平靜下來。

「我不想做太多的假設，雅蒂。」戴爾先生接著說，「在湖上工作對妳來說，也許不是最好的，我只是……」他聲音漸落，抬眼看著天花板。

我把便利貼揪得死緊，指甲都陷在手心裡了。其實老師說得挺有道理，但奇怪的是——不去湖邊工作，感覺也不會比較輕鬆。

戴爾先生兩手一攤，聳聳肩說：「好吧，是這樣的，我在妳這個年紀時，就愛上科學了，」他說，「當了老師後，我答應自己，如果有任何學生跟當初的我一樣熱愛科學，我必定盡其所能的幫助他們。這次有機會到湖上做研究，我一定得告訴妳。」

這一刻，我才確定自己真的很想念楓樹湖，這種衷心而發的感受，恰如湖水感受風兒的吹動波瀾。爸、媽和我在埃莫斯出事之後，就都不去湖邊了，但我不認為埃莫斯會希望我永遠不去楓樹湖。現在我明白了，我也不想那樣。

「我覺得妳若申請，一定會很不錯。」戴爾先生說，「就科學上來說，妳是很棒的候選人，妳愛發問，且思路別具一格，例如，妳對畫月亮的觀點，這些都是科學家會有的優良特質。」

我稍稍站挺了些，「謝謝。」

「把這個帶回去吧。」戴爾先生遞給我一份申請書，「跟妳父母商量一下，看他們怎麼說。」

「我不需要跟他們商量，」我覺得內心有股力量將我引往楓樹湖，即使那是大部分的人認為我最不會去的地方。「我會提出申請。」

2 白鯨的牙齒

莉莎和我跟往常一樣，手勾手的一起排隊等公車。我在用午餐跟待在自習室時，都沒跟她說起少年科學家的事。

莉莎僅比埃莫斯和我大兩個月，有時瑪莉嬸嬸和媽媽會叫我們三胞胎，雖然這並非事實，但感覺滿合適的。很多時候，即使莉莎什麼都沒說，我也能瞭解她的感受。

例如，現在我知道她正在沉思、擔心。莉莎咬著一邊的嘴唇，就像她覺得自己的圖畫壞了，又不知如何修改時一樣。她將我拉近她身邊。

「今天要來我家嗎？」她悄聲問，不讓別人聽見。

埃莫斯和我以前放學常去莉莎家，她家的公車站在我們家前一站，我們抵達時，瑪莉嬸嬸總會在家，我們如果知道媽媽上班前想先睡一下，或爸爸還在工地上班，便會待著。可是自從埃莫斯去世後，我便不太常去了。

我希望能跟莉莎解釋清楚為何不常去，但我連自己都弄不明白。難道我不想跟世上唯一跟我一樣瞭解埃莫斯的堂姐在一起嗎？她是唯一在我莫名哭泣，或突然滔滔不絕的談起埃莫斯，彷彿他還活在人世間時，不會害怕到瞪大眼睛看我的人。

「呃，我今天不行。」這話感覺很刺耳，雖然那不是我的本意。「我有功課，而且得準備晚餐，因為我媽媽在上班……」剩下的話就說不下去了，我不必看莉莎，也知道她努力佯裝沒事，好像不管我想幹什麼，都沒關係。

「沒事。」她說。我們的巴士到了，車門開時，莉莎鬆開我的臂膀，我覺得好心疼。

「嗨，女孩們。」駕駛座上的芭芭拉・安說，「全部上車啦！」她從駕駛盤上騰出一隻手揮著，要我們上踏階，然後她擠了擠一隻塗著藍色眼影的眼睛。

芭芭拉・安是媽媽最要好的同學之一，有時瑪莉嬸嬸沒空，芭芭拉・安甚至會幫忙帶埃莫斯和我，因此我自認挺瞭解她的。我知道芭芭拉・安幾個特點，第一：一頭棕髮亂七八糟，她從來不把頭髮往後紮，只是任由頭髮散披在肩上，像乳草種子上的一團細毛似的。第二：大紅色的口紅。第三：愛嚼口香糖，通常是西瓜口味，而且她講話時，經常咬在齒間。

等一下，我還想到第四點：開朗樂觀。芭芭拉・安總是笑臉迎人，在我自己沒力氣笑的日子裡，這點倒是幫助了我。這令我想到小時候學騎腳踏車的情景——媽媽會從後座輕輕推我一下，幫我起步。芭芭拉・安的笑容就像媽媽輕推的那一下。

「嘿，芭芭拉・安。」我說，一邊揚起嘴角。

她抓住我的手腕，「等一下，」她說，「明天不就是——」

「是啊，我就十二歲了。」我說，「剛好星期六，我的運氣還不賴。」這話滿心酸的，假裝慶幸有個不用上學的週末生日，在今年似乎很不恰當，但感覺上，這樣說卻很正常。

芭芭拉・安的笑容讓人感到舒服，因為都是發自真心。看到她嘟起嘴，欲言又止的樣子，我知道她想到埃莫斯了，想到他永遠也不會滿十二歲，但她的笑容依舊真誠。芭芭拉・安她會直視我，別人想起埃莫斯時，都不敢看我。

「祝妳明天生日快樂，甜心。」她說，然後伸手到襯衫口袋，掏出一個東西塞進我手裡。

她悄聲說：「我找到這個，提前送妳禮物，妳好好留著。」我走到巴士後頭，在莉莎旁邊坐下來，芭芭拉・安打檔，開車上路。

「她給妳什麼？」莉莎靠過來想瞄我的手。

「不知道。」那東西摸起來平滑而彎曲，而且有個尖角，但我並不想張開手。當我意識到自己正在等候埃莫斯，讓他也看看是什麼東西時，淚水湧了上來，我只得用力眨眼睛。莉莎勾住我的肘彎，將座位上的我拉近。

我想像埃莫斯走過通道，探身近看。「打開手！」他會輕聲說，但聲音又大到足以讓我明白他是真心想看。當然了，他若也在此，說不定也會得到一份禮物。埃莫斯一定已經知道是什東西了，因為他不喜歡等待。

我張開手指，東西就躺在手心裡：一彎白色的弦月，完美無瑕。

「動物的牙齒？」莉莎皺起鼻子，「芭芭拉‧安瘋了嗎？」

「是一根白鯨的牙齒。」這東西我認得，埃莫斯和我都非常愛——我們以前很愛蒐集鯨齒。一萬多年前，大西洋淹沒被冰河侵蝕的陸地，白鯨悠游其上，然而當陸地再度隆起，河道注滿從山上流下來的淡水後，白鯨便不復存在。即便如此，牠們還是留下了物證：很久以前，在夏洛特（譯注：Charlotte，位於佛蒙特州境內）的一處農地裡，出土了一副鯨魚骸骨，現在成為本州的化石。「但這根牙挺大的，真的很大，幾乎——」我把話打住。

「幾乎什麼？」

「沒事。」我搖搖頭，有些事，我連莉莎都不想說。如果埃莫斯在這裡，他會說，白鯨不可能有這麼大的牙齒，一定是來自於別的生物——或是別的東西，例如，在楓樹湖最深處潛游的生物。

埃莫斯並不特別愛守密，但我知道他未曾跟任何人提起那隻生物，連莉莎都沒說。他想先證實確有其物。「妳是科學家，雅蒂，」他說，「妳可以幫得上忙。」

可是當時我並不相信他。

莉莎在座位上挪動身子，清清喉嚨，擺明了想改變話題，談點開心的，不會害我淚眼婆娑的事情。

「所以妳到底有沒有在考慮小牛的事？」她問，「爸爸說，我應該再跟妳確認，看妳是否還想做。」她交叉著食指與中指（譯注：該手勢有「希望上帝保佑」之意），等我回話。我把鯨齒塞進口袋裡，然後點點頭。

莉莎向來會養一頭小牛，作為四健會（譯注：4-H club，美國農業部的農業推廣組織）的研究計畫，並帶到濱地郡市集。瑪莉嬸嬸和她先生——也就是我的馬克叔叔——有一座酪農場，所以每年春天，莉莎都有很多小牛可以挑選。今年，在埃莫斯死後的一個月左右，莉莎問我想不想幫忙照顧一頭小牛，並學習如何在圈場上展示。她甚至說，我可以挑一頭自己最喜歡的小牛，她會等我有機會去農場時再挑。莉莎知道我超愛小牛棕色的大眼，以及突出的膝蓋，更愛牠們揮動尾巴趕蒼蠅的模樣。

埃莫斯走後，好多事情都停擺了，可是小牛還是照樣一頭一頭的出生，市集也將如期舉行。雖然在這當口仍持續進行，感覺很奇怪，而且光想著就令人胃痛，但我還是聽見自己說：「算我一份。」

「太好了。」莉莎表示，「反正妳會常來，對吧？」

埃莫斯和我常在放學後去莉莎家，暑假時也常泡在那裡。小時候，那樣較方便瑪莉嬸嬸照顧我們，後來等我們長大，就換成我們照顧莉莎的幾個妹妹，好讓瑪莉嬸嬸和馬克叔叔能有更多時間在農場裡工作。

「一定的。」可是我也想起戴爾先生說，我得每天去生物站工作。我若成為少年科學家，便得向莉莎解釋，我雖然還是能幫忙養小牛，但無法如她所願的那麼常去或久待。

也許我現在就該跟她講明少年科學家的事，通常我什麼都跟莉莎說。「其實，」我說，「有件事情——」

莉莎瞪大雙眼，眼中滿是憂慮。我知道這種表情，埃莫斯和我在六年級春季舞會前，雙雙染患支氣管炎，我在莉莎敲我房門後，用手肘撐起自己，表達我們還是無法陪她同去時，她也對我做出同樣的表情。你很難直視一張對你充滿期待，卻讓她失望的人的臉……

「算了。」我說，「我原本以為，我得在家裡幫爸爸媽媽的忙，可是我想應該不用了。」

「很好。」莉莎說著，把臉靠到我肩上，我歪過頭，靠在她頭上，她的棕色捲髮搔著我的額頭。

「很高興妳能過來一起待著，」她說，「否則這個暑假會很——寂寞，如果妳不來的話。」

我無法理解家裡有三個妹妹的莉莎怎麼會覺得寂寞，我正考慮大聲說出疑問——我滿想問的，卻把話吞回去了。我指著莉莎大腿上那本她到哪兒都帶著的素描本，「我能看一看嗎？」我問。

「還不行。」她說，「反正我大部分時間都在家裡畫，也許等妳明天過來就能看到一些作品了。我要參加今年的濱地藝術展，得整裡一份作品集。」

我忍不住抬起眉毛，其實我並不想那麼做，莉莎不是沒天賦，但濱地藝術展可是一件大事。

「是啦，我知道。」莉莎一向能讀懂我的心思，「可能性並不高。」

「我可沒那麼說，」我不想讓莉莎以為我不相信她。我相信她，但我也知道全州的孩子都會想參展。「他們有沒有給中學生參展的組別？」

莉莎搖搖頭，「無論我繳交什麼，都會跟高中生的作品放到一起。」她說，「我一定是年齡最小的，所以我需要一些參展的建議。」

「妳可以辦到的，」我說，「要是可以，我一定幫妳。」

我說的是真話，上次要求我幫忙的人是埃莫斯，我真希望自己能為他多做一些。

記得三月的第一個星期六，埃莫斯從泰迪的店回來，他的車輪直接輾過軟化的殘雪。此時想起，我簡直無法相信那僅是三個月前的事。那是一個感覺像春天，但其實還不是春天的日子。太陽明豔無比，大家都以為寒冬可能早早結束，那樣的日子持續了近一個星期。現在我知道，持續太長了，照在我們肩上，令我們脫去外套的太陽，把湖上的冰都烘軟了，融冰浮在水面上，使冰層容易碎裂。

但那一天，就在埃莫斯永遠離我而去的前一週，他跳下腳踏車，任車子歪倒在一旁。埃莫斯拿著一本在泰迪的店裡五毛錢就能買到、封面能翻到背後的筆記本，向我走來。筆記本小到可以塞進我的口袋。

「那是幹嘛用的？」我問，雙手仍在背後握成拳頭。

埃莫斯靠向前說：「記錄那隻水怪用的。」聲音有如呢喃，「記得吧？」

「才沒有什麼水怪呢，」我說，「還有，你幹嘛講悄悄話？」

埃莫斯回頭望著肩後，好像我們家旁邊的林子裡躲了間諜，「我只是不希望除了妳跟我之外，還有別人知道。」他說，「這事還不能說，得等到我能確切證實後才行，也就是說，我得繼續研究，我們非那麼做不可。」

假如湖裡真有與冰河同樣古老、黑幽幽而冰冷的神奇生物，埃莫斯將會是發現牠的人。但我並不相信那種生物存在，也不可能有任何真憑實據，我如實的跟埃莫斯說。

「別這樣，雅蒂。」他說，眼神柔和卻帶點憂傷，「妳會明白的，我從去年秋天就一直寫下各種線索了。」他拍拍自己屁股後邊的口袋，有條銀捲圈從口袋裡跑了出來。

「跟一隻生物相關的線索，」我重述道，「聽起來很不科學，如果你真的想證實，就得有真憑實據。」

他微晃著筆記本，要我接過去。「也許妳能找到自己的證據，」他說，「妳可以試試。」

我終於鬆開手，接過他遞上的本子，塞到我的口袋裡，但並不是因為我真的相信了。我收下來，是因為他的眼神。埃莫斯的眼睛炯炯有神，有如照在雪松上的陽光，我不喜歡他的眼神黯然，那是一種希望與人一起合作，卻被澆熄的樣子。於是我伸出手，然後陽光就又回來了，就是這樣。

我一直不斷的告訴自己，明天我會打開他的筆記本，在我們生日的那一天，至少看一下他寫了什麼，看看我以前有機會時，從來不想聽的內容是什麼，這應該無妨吧。可是現在我不確定自己是否做好準備了，也許是因為拿起他的筆記，在沒有他陪伴的情形下自行閱讀，是我唯一能做的事，因為埃莫斯已經永遠離開了。

如果埃莫斯還在，他會在巴士走道上奔跑，違反芭芭拉•安所有的規定，並要求芭芭拉•安告訴他鯨齒是在哪裡弄到的。他會從口袋掏出筆記本，央求我借他鉛筆。

我再次握緊鯨齒，任它刺入我的皮膚裡。

3 埃莫斯的筆記本

我的生日始於一片空寂，那種靜謐來自於各種毫無意義的聲音。我躺在雙層床的下層，試圖聆聽轉動水龍頭以外的聲音，水槽中的流水聲、爸爸清潤嗓子的聲音、媽媽在流理臺上敲玻璃杯的聲音、冰箱的嗡鳴聲……可是沒有別的了，沒有說話的聲音。雙層床的上層，是一張空蕩蕩的床墊。

媽媽說，她會幫我弄張不一樣的床；爸爸說，他會把這張床搬走搗毀。他甚至瞪大眼，顫聲說過要把床燒掉。我相信他，我幾乎可以看見他用乾枯龜裂的手拆下床板，疊架好，然後點上火柴。

可是他們都沒做到，上層的床仍空在這裡，埃莫斯的衣服也還掛在衣櫥中。有時我會拿出他的一件襯衫穿上，只為能感受到他。而且我依然每晚躺在這兒，期望埃莫斯能把頭探過床緣，悄聲的問說：「妳還醒著嗎？」

埃莫斯的低語所遺留下來的空間，被寂靜占據了，但我只能等待。每次覺得自己就要被那份死寂吞沒時，就會有股溫暖的感覺環繞我的身體，然後緊擁住我。溫暖的感覺來時，我無法動彈，但我也不想動。我僅會用指尖按住身體兩側，直至再也掐不動為止。

我掀開床墊一角，抽出埃莫斯的筆記本。我雖然還沒打開它，卻很慶幸還留著它。上回我去楓樹湖時，把埃莫斯給我的空白筆記本扔進湖裡了，那是在爸媽和我相擁在垂淚的雪松林下，一起凝望那個在冰上閃閃發亮的洞後的隔天，我特地跑去扔的。好久沒看到，但這筆記是埃莫斯的，真實到有如肌膚。假若當初爸爸真的劃亮那根火柴，或許我不會有勇氣去搶救埃莫斯放在床墊下的筆記本。

痛苦襲來，我將筆記本握在掌中，本子微微顫動，我努力持穩雙手。打開筆記本應該是很輕鬆容易的，只要翻開封面就好了，但我的手指卻不肯聽話。我呆坐著，頭昏腦脹的瞪著埃莫斯寫在封面上的字——「線索」。他用黑色麥克筆把線索二字劃掉，在上方另改寫「證據」兩字。

他一定是為了我才那麼改寫的。

可是埃莫斯有可能會找到什麼證據？

我閉上眼睛，想像陽光下波光蕩漾的楓樹湖。我知道楓樹湖的各種科學數據，我可以告訴你，它的最深點約有九十一公尺，湖中盛產河鱸和湖鱒，到了八月中，水面平均溫度在攝氏十九到二十三度間。

但我無法告訴你，為何我潛入楓樹湖，站在那兒用腳趾觸著湖底的沙子，在水浪中輕輕來回擺動時，會覺得自己可以住在湖中。那寒暖並濟的湖水，為何令我心情飽滿，煥然一新。我說不清，為什麼我捕到的魚兒，會用牠們金黑相間的眼睛望著我，為何在我將牠們從水中釣起時，會亮晃晃的在我掌中上下翻騰，配合拍打在船身的波浪節奏，一起呼吸。無論我閱讀多少資料，如何描述最深的湖底、崖壁和礦脈，我還是無法確切的告訴你，身在湖水由銀轉為深藍處的交界時，是何等感受。無法盡述在游過冰河地形，繞過一顆顆比房子還要大的沉石時，可能看到的一切。

有些事情我僅能用想像的。

也許埃莫斯把那類事物當成證據了，或許等我打開筆記後，便會發現這一類的東西。但我沒有打開筆記本。我套上牛仔褲，把筆記本塞到褲子後邊的口袋，然後從臥室裡的一片空寂中，移往爸媽在廚房中創造的死寂裡。

爸爸坐在桌邊，用手指按著閉上的眼睛。他沒有看到我。

「嘿，」我輕聲說，聲音小到彷彿是自己的想像。我往前踏一步，輕咳一聲。

爸爸一震，然後看著我。「寶貝女兒。」他說，爸爸的手在顫抖，但他張開雙臂，我走入他懷裡，坐到他大腿上，靠著他的肩頭，雖然我知道自己長大了，已經十二歲了。爸爸身上飄著木屑和汗水的氣味，我用腳跟抵住他的工作靴頂端，舊滑的硬皮革。說點別的，什麼都行。

爸爸將我抱得稍緊些，然後低聲說：「生日快樂。」

媽媽總是在我們生日那天做鬆餅，幫埃莫斯做巧克力口味的，給我做藍莓口味的。她會拿出一大罐楓糖漿，那是我們每年春天幫馬克叔叔和瑪莉嬸嬸熬煮的，就算我們在盤子裡倒上一堆，媽媽連一次「太多啦，別再倒了！」都不會說，因為她知道埃莫斯會拿湯匙把剩下的糖漿都吃掉，她會看著埃莫斯舔湯匙，然後說：「難怪你的個性這麼甜。」沒錯，不然埃莫斯怎麼會如此討人喜歡呢？他會在打雷時，緊握住我的手；當媽媽在醫院上完夜班，在濃雲密布的早晨回家後，環抱住她的脖子。埃莫斯的個性真的甜如楓糖漿，尤其是當我們沒有在爭論該誰去撿柴火，或誰該去擦碗盤、收碗盤時。

媽媽把楓糖漿罐擺到桌上，然後把手從罐子移到我頭頂上，定在那兒。她站得離爸爸和我好近，我能聽見她的呼吸聲。

「生日快樂。」媽媽說，接著她的手指挪開了，速度快到我記不得是否真的被碰觸過。

「我們是不是要去——」我剛開口，媽媽已經轉身走開，望著窗外了。我聽到銀器從抽屜裡取出來，刀叉噹噹撞響，不知媽媽數了幾份，我屏住氣，希望數目是對的。埃莫斯去世的頭一個月，媽媽老是拿四份刀叉擺在桌上，多的那套餐具就像銀色的骨頭晾在桌上，我們都盡量不去看。

除非媽媽像剛才那樣把手放到頭上，否則我不會問今天能不能去湖邊。媽媽總在我們生日當天，等太陽露臉一陣子後，帶埃莫斯和我去湖邊。我們把泳衣穿在外衣裡頭，然後挑戰對方敢不敢跳到水裡，雖然六月初的水溫還很低。媽媽總說，冷不是問題，只要冰融化了，對她來說就沒問題了。媽媽會把襯衫從頭上脫掉，然後消失不見，等她浮起來時，幾乎都是哈哈笑著，冰涼的水珠從她髮上滾落。

但那是以前的媽媽。以前的媽媽會在廚房裡唱歌，會在上完夜班後熬夜等我們醒來上學，親吻我們，跟我們說再見。以前的媽媽會跳進湖裡，揚聲歡笑。

後來的媽媽是用沉默和寒冰做成的。

媽媽端出鬆餅，只有一種口味：藍莓的。我一見到，喉嚨就哽住了。我想說謝謝，我知道媽媽也許根本不想做鬆餅，尤其是今年。我知道她不是非做不可，但我說不出話，我感覺爸爸將我抱得更緊了。

吃吧！我告訴自己，但我愈是瞪著鬆餅，便覺得愈慘。我心想，我若吃一口，一定會覺得像在吃紙板。

改變的不僅是群山而已。如果你一年前問我會不會討厭藍莓鬆餅，我一定回答絕對不會。可是當爸爸把我從他腿上抱下來，大家都乖乖的坐在自己的椅子上時，我忍不住望向埃莫斯的空位子。以前我會看著那兒，然後告訴自己，埃莫斯只是到林子裡撿薪柴而已，假裝他很快就會大步走回來，頂著一頭凌亂夾著樹葉的頭髮，然後媽媽會大聲叨唸他怎麼那麼晚，但同時笑著去抱他。

一開始我不相信，但現在我知道他已經走了。

我還沒想清楚的是，沒有了埃莫斯，我是什麼。

就在這時，滿懷哀傷的我把手伸到後方，摸著從口袋露出來的筆記本線圈。

我終於用叉子切下一大塊鬆餅，這樣媽媽才不會後悔做了鬆餅，可是我把鬆餅放入口裡時，彷彿嘗到泥土味，滑順而帶著糖漿味的泥。我咀嚼著，勉強把餅嚥下。

埃莫斯的死，在我們的生活中畫出一大道隔線。我們都有過從前，但現在只剩下我們幾個人，要繼續過著往後的日子。

4 神祕的楓樹湖

吃過早餐後，我盤腿坐在床的下鋪，把埃莫斯的筆記和鯨齒攤在面前。我呆望著封面好一會兒，真希望埃莫斯沒有把第一個標題劃掉，因為「證據」跟神奇的生物實在很不搭，反之，「線索」感覺就比較對味了。

「打開它。」我大聲說，打開就對了。「有什大不了的？」

我的胃開始打結，但那並不是恐懼。以前埃莫斯或我在船上知道要釣到大魚時，我常會有這種感覺。我能感受到釣線上的力道，看著釣線游移，雙臂使勁拉扯，我知道在暗藍的湖水深處，有個活物要浮升而出了。

這回也一樣，我不清楚自己會發現什麼，但是光摸著筆記本，彷彿便覺得埃莫斯在一旁了。

小時候，媽媽常為我們讀大腳怪和尼斯湖水怪的繪本，我們兩個都忍不住想著那些人們口中的怪物，想到那些踏在枯葉上的足印，洩漏其存在的生物。若想見著牠們，須得仔細觀察，且深信不疑。

因此我們常站在沙灘上，屏息望著沉落水面的太陽，將湖面染成粉紅與橘色。雞皮疙瘩像波濤上，環繞著的閃亮浪珠，在我們手臂上豎起。我們彼此低聲探問，你剛才看見了嗎？

等年紀稍長後，我才知道太陽在低垂時，水面的反光最強，便不再覺得夕陽的光斑有任何特殊之處了。但是埃莫斯從不死心。

我屏住氣，閉著眼睛翻開筆記封面，接著我數——一、二、三——想趁自己動念闔上前，快速瀏覽。

我看到的第一頁內容與我料想的一樣，並不是很科學；紙上沒有圖表、日期和時間。埃莫斯在第一頁寫滿看似清單開頭的東西上，還畫了一堆圖。

1、滿月之夜，湖水會發出不同的聲音，但並不嚇人，只是跟平常不一樣，有點像是在敲一面超大的鼓。

文字四周盡是塗鴉和埃莫斯寫的狀聲詞：咚咚，啪啦和咻咻。我哈哈大笑，彷彿聽到埃莫斯發出那些聲音。

可是怎麼會是滿月之夜？我不覺得埃莫斯會留意月亮的盈缺，而且筆記是在戴爾先生叫我們開始觀察月亮之前寫的。況且，埃莫斯怎麼可能在我們不知情的情況下，在月圓之夜溜去湖邊？

2、有時我開船到湖上，特別是接近綠色區塊時，底下的水便會開始流動，即使並沒有風。而且感覺上浪也變得比較大，像是海浪，而不是在楓樹湖上。

接下來幾頁又是塗鴉，埃莫斯畫我們的船被大浪頂起，船上是他的小人圖，嘴巴張成O型，還畫了幾條曲線和問號。我繼續在素描中尋找，看他指的綠色區塊是什麼意思，可是他只用了鉛筆，所以我無法確知他的意思。也許那只是埃莫斯的想像，因為楓樹湖並不是綠色的。

3、我站在湖岸西陲附近的大熊岩時，如果湖心的天光夠亮，就能看清火花島；我還會看到湖裡有個形狀，那形狀僅僅只是往上浮起一秒，就又沉回去了。那東西會發光，我知道那不是鳥，因為牠從水中出現，而非來自於空中。牠也不會像魚兒那樣騰跳。

一個形狀──以前他想拿給我看的那個形狀。

接下來幾頁畫滿了圖：平靜的湖面中央浮現不同明暗的形影。其中一幅，有坨生物在水底下游走，嘴中吐出一個話框，框框裡面寫道：「哈囉上面的！」

4、有一次我來到冰上──

我倒抽口氣，闔上筆記。我不想讀到關於冰的事。我用指節按住自己的眼球，直到冒出金星，直到眼球發疼。

「妳應該一起來，」埃莫斯說，「只要很快看一眼就好了。上次我跟爸爸冰釣時，注意到有個東西，這次妳一定會看到的。」

「你不該去。」我告訴埃莫斯，「別這樣，媽媽說不能在季末去，我們不能獨自去。」

我向來比他小心謹慎。

「媽媽說，媽媽說，妳自己有點主見行嗎？雅蒂！我們都快十二歲了，現在還只是三月，冰層還很厚實。我們上星期才去釣過魚，記得吧？我跟妳保證一定會看得到。」

我在小徑上狂奔，不知道過了多久，我不斷的被樹根絆倒，呼喊他的名字，卻只見到覆雪的湖面。湖水堅硬，蒼白得有如骨頭，只有湖心一方洞黑，那黑洞曾經張開嘴，將埃莫斯吞沒。

「你太蠢了，埃莫斯！」此時我對著空蕩蕩的房間呢喃，接著又大喊一聲：「太蠢了！」

沒有人回答，一切都已灰飛煙滅。我舉拳重重捶擊枕頭，但枕頭只是在我的指節下軟塌而已，就像在埃莫斯腳底下融掉的冰層。我再次緊閉眼睛，想像那個融雪凝結成冰，冰層成形了，黑暗消失了。

這時，我心中浮起了不同的記憶，將埃莫斯和我拉回這個冬季初的堅冰上。我們拖著滿載物品的雪橇，來到我們最愛的釣點。爸爸已經到了，正拿著螺旋鑽鑽洞，冰屑在我們垂釣的黑洞邊旋起，埃莫斯說了些話，但我沒聽清楚，我看到他往後仰頭哈哈大笑。我看到他的眼睛，綠得有如山巒、青苔。

埃莫斯的笑聲在我耳中縈繞，我眨掉淚水，再次平靜下來。我在枕頭上捶出來的凹痕慢慢的平復了。

「算了。」我對著一片空寂說，「算了，我讀你的線索就是了。」

我再次打開筆記，逼自己回去看第四道線索。

4、有一次我來到冰上，就看到有東西。天快黑了，所以我看不清楚，但每次我踏出一步，小小的金色斑點便會從冰層底下散開，並跟隨我的腳步。所以我覺得那東西在游動時，鱗片會脫落。接著鱗片浮上來了，它們是有魔法的，所以能穿越冰層，說不定是真正的金子。我覺得，若能再去湖上，帶著我的螺旋鑽和冰鑿，應該就能取得鱗片了。

我的眼睛刺痛，我甩甩頭。

可是這時，溫暖的感覺罩上我的肩頭。我抹著眼睛，深深吸一口氣。暖意環繞著我，再次緊擁住我。

「雅蒂？」爸爸的聲音從我房門外傳來，他敲了兩次門。「妳還好嗎？甜心寶貝，我好像聽到叫聲了。」

我吸著鼻子，擦拭眼睛，把筆記塞到枕頭底下。「沒有啊，」我說，「我沒事，爸爸。」

「我能進來嗎？」爸爸問，「我有東西要給妳。」

我起身轉動門把，老爸拿著一個小盒子站在門口，他衝著我一笑，低頭跨過門檻。

「妳媽媽得在今晚上晚班前補眠。」他說，「但她要我把這個拿給妳，這是我們兩人送的。」他把盒子遞給我。

「謝謝。」我小心翼翼的把一根手指探到貼了膠帶的摺紙下，然後再伸出一根指頭。埃莫斯總是直接撕開包裝紙，然後把撕碎的紙張扔到肩後，媽媽常被惹得大笑。

盒子從包裝紙中滑出來，我想我一定是看錯了。「是iPhone！不會吧，爸爸！」

爸爸笑說：「看來妳很喜歡，我們覺得妳已經夠大了。」

「是啊，我想我現在是夠大了。」我們班上很多同學去年夏天就已經有手機了，可是我沒跟爸爸說。也許他知道馬克叔叔和瑪莉嬸嬸給莉莎買手機當生日禮物，所以不想落於人後吧。

「這手機——不是那麼新。」爸爸只要覺得不好意思，就會慣性的搔自己的下巴，「我們工班裡有個傢伙淘汰了舊手機，他一直把舊手機擺在盒子裡，所以——」

「這手機很棒。」我覺得喉頭哽住了，我倒出盒子裡的手機，握起來沉甸甸的。「等一下，可是你不是得搭配門號嗎？要花很多錢嗎？」我記得以前埃莫斯超想要iPhone。

「這妳就別擔心了，」爸爸說，「不過別花太多時間上網，會吃掉很多流量。還有，如果妳母親或我找妳有事，就得放下手機。」他垂眼看著自己的手，搓著指節。

「我知道。」我說。

「我們只是希望妳能隨身帶著手機。」爸爸說，「隨時能打電話，保持聯絡。」

「這是——在跟蹤我嗎？」我並沒有生氣，我只是覺得老爸扯得有點遠了，「你們一向知道我在哪裡。我不是在學校就是在家裡，有時到莉莎家，差不多就那樣了。」

「暑假快到了，」爸爸說，即使他不喜歡我的挖苦，也沒表現出來，他的聲音依舊溫柔，「到時妳不會在學校的，就算妳一直待在農場，還是可能出狀況。」

我覺得臉頰一紅，什麼事都瞞不過爸爸。「好吧，」我緩緩的說，「我有可能不會一直待在農場，我有……有可能也會去楓樹湖。」

爸爸的眉頭一皺，眼神從柔和轉為銳利。他蹲下來，用手肘頂住膝蓋，被迫抬眼看我。「楓樹湖？」他重述道，語氣像一個大問號。

我不敢與他對視，只好看著自己的枕頭，下面藏有筆記本的枕頭。「我想申請那邊的一份暑期工作，」我說，「擔任少年科學家，這是老師跟我說的。」

爸爸看了天花板一秒，深吸口氣，「妳跟媽媽談過了嗎？」

我搖搖頭，「我會的，」我說，「我會趕快去跟她談。」

「妳知道嗎，雅蒂，」爸爸說，「現在情況不一樣了。」

我垂眼看著手機，握在手裡如此沉重安靜，彷彿它可以拯救跌入黑水裡的埃莫斯。我打開手機，用拇指撫著跳出來的圖示。

其中一個圖示寫著「簡訊」，我真希望自己能傳簡訊給埃莫斯。「是的，」我輕聲說，「我明白。」

爸爸伸出一雙大手，將我的手握在他手裡。我的皮膚貼著iPhone，「雅蒂，」爸爸瞅著我，「永遠都不一樣了。」

我心頭一凜，寒意迅速擴散，我打著顫，知道爸爸說得對。

接著老爸靠過來親吻我的額頭，彷彿事情就這樣說定了。

「可是爸爸，」我說，「我真的很想去當少年科學家。」

爸爸緩緩露出悲傷的笑容，那表示他還不知道該如何回應，「我們再看看吧。」他說，「嘿，時間差不多了，該準備去妳叔叔嬸嬸家了，我得把幾樣東西搬到貨車上，等我弄完再打電話給妳。」

他輕聲關上門，輕到我連門被扣上的聲音都沒聽見。等我意識到爸爸已經離開後，我拿起鯨齒，再次打開筆記。埃莫斯在第四道線索後寫了一個數字五，但僅此而已，沒有句子，只有一個數字。

「第五。」我說，「第五道有什麼，埃莫斯？你本來打算寫什麼？」

我從書桌抽屜裡找出一枝筆，然後坐回床上，爸爸的話在我腦中迴繞：*現在情況不一樣了，永遠都不一樣了*。

我咬著唇，搓著鯨齒，任它戳著我的拇指。

太多事變得不同了，我想到埃莫斯本該在我們十二歲生日時，在我身邊吃鬆餅，但他沒有。我以為楓樹湖很乾淨，但並不是。

而且我覺得埃莫斯瘋了，才會以為湖裡有水怪，我依然這麼認為，但也許——

我覺得筆記內容根本毫無道理，而且線索完全不是真憑實據，不是戴爾先生教我如何蒐集的那種證據，這種東西我絕對無法寫進報告裡。

但現在一切都被打亂了，反而讓人覺得原本沒道理的事，也許仍值得一探。

我突然知道如何把第五道線索寫上了。我不假思索的振筆直書，在紙上寫下日期，並拿尺量了一下。我寫道：

5、芭芭拉・安在沙灘上尋獲一根鯨齒；但是鯨齒實在太大，大過頭了。那根牙齒看起來像來自別的生物。

接下來的部分較難，而且一點也不像我會寫的東西，但我此時也說不出個所以然來，畢竟這是埃莫斯的筆記本。

5 莉莎與小皮蛋

老爸早早載我到莉莎家，他說這樣才能去視查工地，媽媽也能在上班前補足睡眠，但他可能也考慮到，我若跟莉莎在一起，生日或許能過得更愉快。

打開莉莎家的門，總是讓人開心。屋中有鬧聲——班班的吠叫聲、莉莎三個妹妹的唧唧咕咕和叫喊聲，嬸嬸要她們安靜，廚房收音機裡播著音樂——濃濃的暖意，從我父親和馬克叔叔長大的農場裡流瀉而出。

「姐姐！雅蒂！」莉莎的兩個妹妹，一個是快要畢業幼兒園的迪迪，還有正要開始上幼兒園的姍米，她們用黏糊糊的手拉著莉莎和我的袖子。「我們正在開店，店裡有賣葡萄乾、彈珠和蠟筆，通通只要兩塊錢喔。快來喔！」

我任她們將我拖進客廳，瑪莉嬸嬸抱著小寶寶凱蒂，從廚房角落繞過來。

「雅蒂，親愛的。」瑪莉嬸嬸說著單手將我拉過去抱住，寶寶用肥嫩的手指拍著我的肩膀。「生日快樂。」瑪莉嬸嬸的聲音一哽——拜託別哭，我心想，讓一切保持喧鬧跟正常就好了。

樣，泛著薄光。

她抽開身，我微微一笑，鬆了口氣。嬸嬸不會哭了，雖然她的眼睛跟大家看著我時一

「很高興妳爸媽送妳過來吃飯和蛋糕，」瑪莉嬸嬸說，「如果妳想過夜——」

「不用了。」我打斷她說。生日之夜，雖然沒有人躺在床的上鋪陪我聊天，但住在莉莎家裡可能更難受。跟記得埃莫斯的人在一起，令我格外思念他，對爸媽來說也是；在家中，我可以輕易的關上房門，獨自待著，在莉莎家卻無法躲藏。

我看著瑪莉嬸嬸把凱蒂寶寶挪到腰側，一邊從冰箱取出一只大碗，然後將一綹頭髮掖到耳後。她和莉莎都有捲厚的棕髮，和橫布在鼻子上的雀斑。瑪莉嬸嬸發現我在看她，便眨了眨眼睛。小時候，媽媽下班晚了，嬸嬸都會搖著我入睡。我仍記得她唱搖籃曲的歌聲：道晚安，閉上眼，天上星星眨呀眨……

「走吧，」莉莎說，「咱們去我房間。」

瑪莉嬸嬸又抱了我一下，然後莉莎才將我拖向樓梯。「看見妳真好，親愛的。」她說，她用強壯的臂膀抱住我，溫暖的緊環住我那可能崩潰的心。

莉莎的房間感覺好小，牆壁好似朝我壓了過來。我從口袋拿出鯨齒，在掌心裡把玩。

「我能再看看嗎？」她伸手來拿鯨齒。

鯨齒不在，我的手感覺好涼。

「酷欸。」莉莎說，她皺著額頭，轉動鯨齒，舉高拿到燈光下。「妳說得對，這真的很大。」她把鯨齒還給我，眼中透著尋探的神情，彷彿能感受到我沒說出來的事情。我也感受到了，那令我心跳加快。我很快的把鯨齒塞回口袋裡。

我得說點什麼，但我還不想談埃莫斯的筆記，「所以，」我說，「戴爾先生跟我說，我應該去申請那份暑假的研究。」

「蛤？」莉莎問，「我怎麼不記得他有提到任何暑期研究的事。」

「妳可能忘了，也許老師是公布在公告欄上。」莉莎通常不會忘記事情。

「也許吧？」莉莎咬著唇說。

「總之，那是一份到楓樹湖當少年科學家的研究計畫。」我解釋說，「戴爾先生說楓樹湖受到汙染了，他和其他幾位科學家正在研究。他說如果我申請上，便能學習如何協助他們。」

莉莎驚呼一聲，「什麼？」她說，「不會吧，那也太……」

「太瘋狂了是嗎？」我把話說完。「我知道。我的意思是，媽媽大概會嚇死，她不希望我再去湖上了。」

莉莎望著牆壁，當她那樣迴避我時，我知道她肚子裡有一堆話想說，但又不會說出口。

「要說老實話嗎？」她終於表示，「我知道妳很想當水生生物學家，可是妳媽媽嚇壞了，不是嗎？」

我張開嘴，又閉上了，像掙扎喘氣的魚兒，我覺得臉好熱。好吧，也許很奇怪，但我最要好的朋友，應該站在我媽媽那邊嗎？

莉莎的聲音一沉，「對不起，」她說，「我只是想說……妳現在真的想去湖上嗎？」

我的話再次卡在喉中，我可以聽見腦中深處有個細小的聲音，拼命大聲的說：「是的！」

但說出口的聲音則靜緩許多，「我是有點想。」我囁嚅的回道，「有的時候。」

「好吧……」莉莎緩緩的說，看得出她想在腦中騰出空間思索我跟她說的話，有時表示那樣得重新組合過去所有的想法，就像在房中把家具搬到不同的地方，或拋棄不適合的家具。「可是還有……汙染的事？那說不通呀，楓樹湖可是最乾淨的湖。」

我聳聳肩，「我本來也那麼想。」我說，「但人家是科學家，他們一定是發現了什麼。」

莉莎似乎不信，「不過妳還是能來我家吧？」她問，「來幫忙照顧小牛？」

「等我在工作站工作一些日子後，我可以過來。」我說。「小牛又不需要一天花八小時照顧，對吧？」我努力輕鬆的說，但莉莎的眉頭又像衛生紙一樣皺起來了，而且她還咬著右脣。

「我還是很想幫妳養小牛，莉莎。」我靠過去，用肩頭頂了一下她的肩膀，「可是我也想回楓樹湖，我知道這話聽起來怪怪的，但我……我很想念那裡。」

「妳想念楓樹湖？」她說，然後聳聳肩，「我不會。」

「這很難解釋，」我要如何才能讓她明白，楓樹湖是我的一部分？無論它從我身上奪走了什麼。

「我只是希望妳好好的，雅蒂。」莉莎說。

「我不會有事的。」我說，「而且，我也沒忘記濱地藝術展的事，那可是件大事，我會幫妳整理妳的作品集。」

莉莎眼睛一亮，「妳說話算話？我超緊張的。」

「作品集呢？」我一向喜歡莉莎的作品，「妳答應過要讓我看一眼。」

她臉一紅，「好吧，不過很粗糙啦，妳知道戴爾先生一直叫我們畫月亮吧？我畫得超開心的。」

「妳要把妳在課堂上畫的東西交出去嗎？」我不是覺得她的月亮畫得不好——莉莎畫得很漂亮，即使根本沒必要那樣認真。我只是很難想像她把學校的科學作業，變成藝術作品。

「不算是。」莉莎說，「我重新畫過，變得更大、更細膩。不過妳說對了，我想展現月亮盈缺的過程。」

她將手伸到書桌上，把一個裝滿紙張的厚文件夾遞給我，神情幾近害羞，對一個瞭解我一切的人來說，那感覺挺怪的，因為她連我有點怕閃電，而且喜歡穿不成雙的襪子，這些小事情都知道。

我打開文件夾，跟以往看到莉莎的畫一樣，驚訝的吸了一口氣。她筆下的月亮在夜空中閃閃發光，我雖然知道她畫得很美，卻也同時覺得若有所缺，但我不知道缺了什麼。

「真的好美。」我說，我知道她想聽我接下來怎麼說，但我停下來，思忖該怎麼講。

莉莎靠過來鼓勵我，「可是呢……」她說。

「呃，就是覺得好像少了點什麼。」我翻著紙頁說，「這些畫很好，但我覺得除了月亮，應該還有其他東西。但願我知道是什麼。」

莉莎點點頭，皺著眉說：「我知道妳向來有話直說。」她拿回文件夾，放到書桌上，「我會再修正，反正還有時間。」

我重重的吞著口水，我確實有話直說，我們兩人都是，那是一種默契，我對莉莎不會祕而不宣，她對我也是，我們從六歲時就不會相互隱瞞。以前我怕鬼，不敢進穀倉，莉莎給我一個手電筒，每次我們進穀倉，就帶上班班，連著好幾個月都這樣。現在我不會。也許是因為我們從小認識，兩人都知道把話藏在心裡沒有意義，反正以後都會不經意的說出口，所以筆記本和水怪的事，才會如鯁在喉的卡著，但沒有任何事能逼迫我說出來，目前還沒有。

「妳一定會想出辦法。」我說。

「妳知道好笑的是什麼嗎？」莉莎輕聲說，「妳媽媽說不定也會想當少年科學家，我的意思是，如果她還是學生的話。」

我哈哈大笑，「才怪。」我說，「媽媽是挺喜歡楓樹湖——以前很喜歡——可是……」

「呃，我媽媽說，妳媽媽在濱地高中念書時，超愛科學課。」莉莎說，「當時她拿到全A。」

「真的嗎？」我知道媽媽必須學點科學相關的事物，才能在醫院擔任助理，我理所當然的認為，那是因為她在附近長大，所以熟知本地，卻不知道她以前可能跟我一樣，對科學很感興趣。

「是啊，以前妳第一次說妳想當水生生物學家時，我跟我媽說了，她表示——『聽起來很像是女承母業啊。』妳媽媽都沒提過嗎？」莉莎直勾勾的看著我。

我別開眼神，聳聳肩說：「也許有吧。」其實媽媽從沒跟我提過那方面的事，談她很久以前擅長什麼。莉莎竟然知道一些我不瞭解媽媽的事，感覺好怪。

「仔細想想，其實挺有道理的。」莉莎說，「要不然她怎麼會知道冰川和淡水生態系統，還有她老是跟我們說的那些事，雖然那時候我們太小，根本聽不懂。」

我明白莉莎的意思，可是想到媽媽也有年少時，也曾快樂的上學讀書，感覺就特別的詭異。

「總之，」莉莎說，「最終她還是有可能讓妳去，如果妳真的很確定自己想去的話。」

我聽到走廊上的門打開，靴子踩在門墊上。馬克叔叔和瑪莉嬸嬸的聲音高低錯落，但我聽不真切。我還聽到爺爺哈哈的笑——爽朗而和藹，最後以咳嗽終結。爺爺基本上算退休了，但還是喜歡到穀倉裡幫忙。他說農人的生活很辛苦，至少他還能幫忙幹點活。馬克叔叔說，只有在墓園裡，才能找到真正退休的酪農。

「走吧，」我告訴莉莎，「咱們去外頭。」

爺爺脖子的皺紋裡夾了一些碎麥稈，我抱他時，碎麥稈搔著我的臉頰。「我的小雅蒂，」他用絲毫不顯悲傷的聲音說，「十二歲還叫妳小名不會太誇張吧？」爺爺用他粗糙的大手放在我頭上。

「不會。」我說。馬克叔叔靠過來親吻我的額頭，「生日快樂，我最愛的姪女。」他說，他總是那樣喊我，因為我是他唯一的姪女。「有空嗎？想不想到穀倉裡挑一頭小牛，幫莉莎訓練？我知道她一直在等妳。」他看看瑪莉嬸嬸，嬸嬸臉上露出淺笑，她拍了拍我的肩頭。

小牛的圍欄聞起來像甜牛奶加木屑的味道，我深深吸口氣，然後閉眼一會兒。等我張開眼時，看到一群小牛靜靜的用溼潤的棕色眼眸回望我們。

通常六月這個時候，莉莎已經把小牛養上一個月，讓小牛習慣她的手和聲音；她會訓練小牛戴上繩套，以便在展圈裡循規蹈矩，乖乖聽從她的命令。今年，小牛們用微顫的腿站立，並不斷的長高長大時，莉莎卻一直在等我。我想像她站在穀倉裡，兩手握拳，強抑住走向牛群、伸出手撫摸的衝動。

我知道只要我需要，莉莎會一直等我，因此我希望能快點挑出小牛。

「我怎麼知道要選哪一頭？」我的聲音聽起來厚重而怪異，莉莎握住我的手。

「牠們長得都很可愛。」莉莎冷靜堅毅的看著我，但眼神還是在飄移，彷彿仍在尋找什麼。「當然了，還有我老爸，他相信牠們都長得很完美，妳怎麼挑都不會錯。」

「她說得對，」馬克叔叔說，「我覺得妳隨便挑一頭都行。」

但我已經走向其中一頭小母牛了，我忍不住一直看著牠的斑紋，牠跟大部分荷蘭乳牛一樣，有黑白相間的斑紋，但我從沒見過像牠有這麼多黑斑的牛，尤其是牠的腿，看起來就像有人拿刷子沾著黑油漆，一再往牠雪白的腿上來回塗刷。我走到小牛的畜欄，小牛沒有跑開，而是直接朝我走過來，牠張著鼻孔，嗅著我的手指，並從嘴裡吐出舌頭。

「就這頭吧。」我說。接著我想起其實應該由莉莎挑選，我只是來幫忙的，於是我回頭望著她，只見莉莎對我豎起了大拇指。

馬克叔叔大笑，「選得真快，」他說，「妳確定嗎？」

他打量小牛，用手撫摸牠的背，「背線很不錯，」他說，「腿直，脖子長。」

「我很確定。」我說。

「那好。」馬克叔叔攬住我的肩，我稍稍靠向他。他常讓我想到我爸，兩人的帽子下，都橫七豎八的冒出麥稈色的頭髮，而且都有一副寬肩，在我需要時，他們總是安靜堅強的站在那兒陪我。

「我打算兩天後回來，」他說，「我會給妳們兩個女生一些指導，莉莎可以複習一下。」

莉莎翻著白眼，「這些事我從小一直在做呀，老爸。」她說。

「是一直，還是兩年？」馬克叔叔問，然後對我擠擠眼。「學習永遠不會嫌多。」莉莎扮了個鬼臉，但還是讓叔叔抱了一下。

我伸手搔著小牛兩眼間額心上的硬骨，小牛上下點頭，頂住我的手。

袖子。

「嘿。」我大笑說。埃莫斯在的話，一定也會哈哈大笑，這頭牛太搞笑了。

馬克叔叔笑了，「典型的小皮蛋！」他說。

我翻掌讓手心朝上，感受小牛溫暖的氣息。接著牠再次伸出舌頭，想來舔我的運動衫袖子。

「這頭牛顯然很有個性。」馬克叔叔說，「妳最好常訓練牠，讓牠習慣被摸，而且不妨取個名字。」

「你剛才叫牠小皮蛋。」我抽開自己的袖子，在牛仔褲上擦著，雖然我並不介意小牛舌頭上的口水，「我覺得挺好。」

「很適合。」馬克叔叔說著朗聲大笑。

小皮蛋細瘦的腿先是搖晃了一番，然後直直站著。牠盯著我，接著眨眨眼，「暫時先拜拜啦，小皮蛋。」我說，「我們很快會再見面。」

有一天，小皮蛋會加入馬克叔叔和瑪莉嬸嬸的牛群，和牠們一起在牧草地上吃草，也會每日早晚產出牛奶。可是接下來的兩個月，牠是屬於我們的，屬於莉莎和我。

回到屋子之後，莉莎和我拿了幾張摺疊椅到餐廳邊，把椅子塞到莉莎跟她妹妹們平常坐的位置之間。瑪莉嬸嬸端出她的慢燉鍋，裡頭裝滿我最愛吃的菜：烤牛肉。她稍早從冰箱拿出來的碗，裝的是滿滿的菠菜及生菜沙拉。這是嬸嬸在天氣還黑暗陰冷、不適合種植時，在盤子裡撒下種子，靠螢光燈培養出來的菜。

就在瑪莉嬸嬸掙扎著要不要把慢燉鍋的插頭插回去時，爸媽到了。「不好意思，我們來晚了。」爸爸說。媽媽的笑容看起來很僵硬。

「唉呀，別客氣。」瑪莉嬸嬸親了親爸爸的臉頰，一把抱住媽媽，看起來就像在抱一棵又高又堅硬的樹。「過來這兒，蘿拉，到小凱蒂旁邊，讓嬸嬸好好給她疼一疼。」媽媽比瑪莉嬸嬸至少大五歲，她和爸爸過了很久才生下埃莫斯和我，當她看著小寶寶凱蒂時，眼神變得好溫柔明亮。

我擠在爺爺和爸爸中間，看著媽媽輕撫小凱蒂的小手指，而小凱蒂另一隻手拿著湯匙不斷的敲打高腳椅。

「祝我們的雅蒂生日快樂。」爺爺說，媽媽清了清喉嚨。我縮貼在椅子上，因為我知道她會忍不住在腦中添加一句「還有埃莫斯」。我不怪她，因為我也會。

眾人僅沉默片刻，迪迪和姍米便開始為了一根叉子吵起來了，瑪莉嬸嬸叫她們兩個安靜，馬克叔叔已經開始把牛肉放到麵包上，在桌邊遞送。大夥嚼著食物聊天，傳著鹽罐、沙拉和檸檬水。

我不懂是什麼樣的刺激，讓我在那時說出口，也許是迪迪和姍米的相互叫罵聲，也許是小凱蒂拿湯匙猛敲桌子，就是因為這樣，我可以在這些鬧聲中，輕易說出這番話吧。

或者是因為那股溫暖的感覺又環住我的肩膀了，不管我打算做什麼、說什麼，最後都能成功。

「我的科學老師問我，今年暑假要不要申請去楓樹湖當少年科學家。」我說，「我打算去申請。」

突然，所有人都看著我，莉莎張大嘴巴，我繼續說道。

「一定會很棒的。」我表示，「戴爾先生說湖水被汙染了，但他們不清楚原因，反正還不清楚，我們就是要去調查這件事。」

媽媽眼神一閃，但沒說話。

「呃，」瑪莉嬸嬸說，「聽起來還滿有意思的。」

「汙染？」馬克叔叔大笑說，「搞錯湖了吧，大家都知道，楓樹湖比肥皂還乾淨。」

「好像不是這樣。」我說，「但我會讓你知道最新狀況。」馬克叔叔搖著頭，似乎震驚多過生氣。

爸爸看著我，僅揚起一邊嘴角，「呃——」他開口說，卻不知接下來要說什麼。我沒跟他提過汙染的事，如果他覺得很訝異，也沒有表現出來。

「妳的功課向來很好，甜心。」爺爺點頭說。

媽媽眼中含淚，我的喉嚨漸漸哽住，也許我不是唯一等候她發言的人。

結果是瑪莉嬸嬸先開口了，「該吃蛋糕了吧？」她喊道，然後把椅子往後一推，奔進廚房裡。

媽媽兩手平放在桌上，「我不希望妳去那座湖。」她說。

爸爸在椅中挪動，清了清嗓子，但沒接話。

「她可以學到很多東西。」爺爺說著轉向我，「而且妳還是會幫莉莎養她的小牛，對吧，雅蒂？我知道她很高興有幫手。」

「我無法像以前那樣一直待在這裡，」我說，「但我一定會幫忙養小牛。」

「而且雅蒂到時候也要負責做展示。」莉莎說，「我今年想休息，我需要專心準備申請濱地藝術展。」

爺爺笑了笑，我看得出莉莎試圖緩頰，但她又咬著嘴唇了。媽媽的氣場強大，氣氛降到零點，害大家都不敢講話。我聽到瑪莉嬸嬸在廚房裡拿盤子，快點把蛋糕拿過來吧，我心想，拜託了。

「也許吧，」媽媽緩緩表示，「可是雅蒂……」媽媽看著我，我知道她只是有些生氣，但生氣之餘，更多的是悲傷，「我不能讓妳去。」

小凱蒂拿湯匙敲著高腳椅上的盤子，口中「巴，巴，巴」的喊著，像是在表示同意。其他人都僵住了，連迪迪和姍米都乖乖的來回看著媽媽和我。

「媽——」我說，可是當我看到媽媽的眼睛——灰藍如暴風雨中的湖面，而且還溼漉漉的——我就接不下去了。媽媽知道我愛那座湖，但我從沒告訴過她，我將來想在那裡工作。

果然，媽媽搖著頭，「不行，雅蒂。」她說，然後語氣一軟，「甜心，不行，妳不需要去楓樹湖，妳就近待著就行了，跟我們好好的待在這裡。」

「蛋糕來囉！」瑪莉嬸嬸喊道，兩手捧著一個大盤子，匆匆從廚房走出來，一副不知道在她離開後，餐廳裡的氣氛變得有多糟糕，每個人像熱屋頂上的冰柱似的，滴著冷汗。嬸嬸把蛋糕擺到我面前，燃起一根火柴，將蠟燭一一點亮。

我一口氣吹熄十二根蠟燭，可是當媽媽擦著眼睛，而且每個人都在拍手時，我發現自己忘記許願了。

6 雅蒂的決心

「所以妳跟妳爸媽談過了嗎？」戴爾先生瀏覽我的申請內容問。

「呃——有啊。」我說，意思是口頭上有，只是我們還沒達成共識。

戴爾先生瞇起黑色的眼睛，用手撫著一頭凌亂的黑髮。「嗯，」他說，「妳知道我會打電話給他們吧？」

「打電話給他們？噢，是的——當然。」我說，「當然知道。」我看著牆壁。

戴爾先生背靠著椅子，雙手往胸口一疊，微微笑道：「妳知道嗎，雅蒂，」他說，「我在妳這個年紀的時候，非常迷滑板。妳知道我爸媽很討厭什麼嗎？」他瞅住我等著。

「呃……滑板嗎？」我問，很快的瞄往他的方向。

「答對啦。」戴爾先生說，「所以猜猜看，當他們發現我放學後都穿著運動服偷溜去滑板場，而不是像我老跟他們說的，是留校練習打籃球時，他們有何感想。」他咬著牙快速的吸了口氣。

「大概不是很高興吧。」我說。

「又答對了。」戴爾先生說，「我想說的是，雅蒂，妳爸媽必須支持妳做這件事才行。」

「會支持的，他們將來一定會支持的，我的意思是，他們現在也沒反對。」我轉頭看著牆壁。

「好——吧。」老師緩緩說，「很好，稍晚我會給他們撥通電話。」

「謝謝，戴爾先生。」我說。

他搖搖頭，「小事。還有，雅蒂——我很高興妳肯申請，這是個絕佳的機會。」

你根本不懂，我心想。我從戴爾先生在上課的陳述中得知，他家有老婆、三個小孩、兩隻狗，和一隻一天到晚喵喵亂叫的壞脾氣老貓。老師大概有好幾年不知道安靜為何物了，他根本不懂太過寂靜的家有多麼嚇人。

「謝謝，」我說，「我，呃——我真的很希望能參與到這個研究。」

戴爾先生只是笑了笑，「那就祈禱上帝保佑囉。」他說。

第二天放學後，我心不在焉的聽著媽媽講話，車子開了一公里多的路，穿過山區和綿延的牧草地，直到我們來到鎮上。泰迪的店、郵局、銀行和圖書館，整齊漂亮的在鎮裡橫列成一排，我真希望自己能擠出適當的話，再次與她討論少年科學家的事。

沃爾瑪大賣場還在前面老遠處，泰迪的店是鎮上僅存的幾間小店之一，你在店裡買不到沃爾瑪裡的貨——泰迪的店賣自己屠宰的肉，並販賣本地酪農所生產的牛奶和優格。泰迪的店還供應免費咖啡，咖啡壺總是開著，另外還有一籃給小朋友吃的糖果。

或許最重要的一點是，我們全都認識泰迪，也都認識小泰迪；他在父親退休後，接手老泰迪的店。我們認識他們全家，我相當確定我們是差了一輩的三等親。

「哇，美麗的洛格家女士們大駕光臨啦！」我們一走進店裡，小泰迪便高呼的說著。他希望能拓店，販賣更多本地的農產品。

媽媽笑了笑，「唉呀，別這樣，小泰迪。」她說，「生意還好嗎？」

「興隆得很。」小泰迪說，接著他額頭一皺，低聲問：「妳還好嗎？」

媽媽嘆口氣看著他，一時間說不上話。「唉，你也知道，」她終於表示，「我們會熬過去的。」

小泰迪抱了抱她，然後看著我，眼中泛著薄光。「妳還夠小，可以給妳糖吃吧？」他問，然後抓來櫃臺上的籃子，我低頭專心挑了一顆焦糖奶油糖，以免他看見我的眼睛。

每次我們去泰迪的店，一定會碰到認識的人，有時會有五個人之多。因此當媽媽叫我去熟食區買火腿片時，我看到芭芭拉．安在我前面。她挑起一包雞腿時看到我，感覺一點也不訝異。

「哈囉，雅蒂。」芭芭拉．安說。她的頭髮跟平時一樣凌亂，身上穿了件像是用一百

種不同顏色布料拼成的寬大襯衫。接著她往我靠近，我都能聞到她的西瓜口香糖了，芭芭拉・安悄聲的問：「那一根牙齒如何呀？」

我在回答前，先回頭看向肩後，果然媽媽正朝著走道走過來。我不想解釋芭芭拉・安為何要跟我談牙齒的事，但同一時間，光想到那根塞在我書桌抽屜、擺在筆記本旁的鯨齒，便令我覺得雀躍。

「它很好。」我低聲回話，「我常帶著它，可是現在我放在臥房裡，好好保存著。」話才說到這裡，媽媽就拿著兩罐義大利麵醬走向我們了。「芭芭拉・安！」媽媽眼睛一亮，一邊將罐子放到我手中的購物籃裡，然後伸手環住芭芭拉・安的肩膀。

「蘿拉。」芭芭拉・安說著，將媽媽抱得死緊。雖然她們不像以前，埃莫斯和我年紀還小，需要保母照顧時那樣經常見面，但媽媽說人的一生中，總有些人雖然久久才見一次面，但仍親如舊故。對媽媽而言，芭芭拉・安就是那種人。

芭芭拉・安抽開身，輕輕撫著媽媽的手肘，「雅蒂和我正在聊天，談她生日禮物的近況。」

「生日禮物？」媽媽問，「妳是指手機嗎？」

我紅著臉，希望芭芭拉・安不要多說。

媽媽不知道鯨齒的事，我心想，絕對不能讓她知道。

其實我應該更信任芭芭拉‧安一點，雖然她從不對媽媽撒謊，但也不是什麼都跟她說。以前芭芭拉‧安來照顧我們時，會偷塞泡泡糖給我們，就我所知，媽媽從來沒發現過。

「少年科學家的工作呀。」她說著對我擠擠眼，「我在學校都聽戴爾先生說了，讓雅蒂當少年科學家，當然是份大禮。」

媽媽嘆口氣，「呃，」她說，「戴爾先生在我的語音裡留言了，但其實我們還沒確定──」

「這對妳女兒是件好事。」芭芭拉‧安眼神柔和的說。

「好事？」媽媽問，「我一開始倒不那麼想。」

「提早一年加入科學俱樂部，也是個大好的機會，」芭芭拉‧安繼續說，「那能讓雅蒂先體驗高中生活，為日後上大學開啟一扇大門。」

「大學。」媽媽重述說，「妳知道上大學學費變得很貴了吧，何況，我不確定我們想讓雅蒂離家那麼遠。」

芭芭拉‧安眼中精光閃動，「妳以前不是也想去念，」她說，「在妳──」

「那是很久以前的事了。」媽媽咬牙說完最後幾個字，看得出她說話時人都僵了，還對她的朋友別開身子。

「妳知道嗎？」芭芭拉‧安說，「我喜歡這樣想，那些最瞭解濱地郡的人，最有可能待下來。」

「是嗎。」媽媽說，那不算問句，此時她抬頭看著芭芭拉‧安，似乎無法決定該怎麼想。

「當然啦。」芭芭拉‧安說，「他們瞭解得愈多，就愈是在乎的想留下來。想想傑克‧艾德森的兒子，自然資源辦事處的官員。他小時候整天跟著他爸待在森林裡，我看他大概待得不過癮，所以等讀完書，該知道的都學會後，又跑回來了。」

「呃，」媽媽說，「我不確定更關注楓樹湖是重點所在。」

「但肯留下來就是重點。」芭芭拉‧安說。

媽媽瞪大眼睛，看看芭芭拉‧安，再看看我。受傷與希望的神情在她臉上如小飛鳥般掠過。

「還有啊，」芭芭拉‧安接著說，一邊咂咂有聲的嚼著口香糖，彷彿根本沒注意到媽媽的反應。「擺脫恐懼最好的辦法，就是直接迎面走過去。」

門的意思。

在回家途中的車上，媽媽一直很安靜，車程並不遠，但我搖下車窗，感受六月的空氣，欣賞綠意盎然的柔美山巒自窗外掠過。車子開進車道，媽媽熄掉引擎，但沒有要打開門的意思。

「她今天真的有點神經兮兮。」媽媽說。

「芭芭拉．安嗎？」我問。

「我是說，若遇到暴風雪，大概不會有人比芭芭拉．安更冷靜了，即使她後面載了三十個不受控的孩子。可是她對我說的那番話——」媽媽把話嚥下，「關於熟知一個地方的那番話，妳覺得說得通嗎？」

我聳聳肩，「不知道。」我說，雖然我覺得芭芭拉．安的話也許說得對，「我的意思是……妳和爸爸也是在楓樹湖長大的。」

爸媽比任何人都瞭解楓樹湖，比埃莫斯或我更加熟知，他們絕對比這些前來研究楓樹湖的科學家更瞭解這座湖，而且他們留下來了。

「我們是呀。」媽媽說。

「而且你們都還留在這裡。」真希望媽媽有時能更看清事態。

「我們是。」媽媽望著前方，指節緊扣著駕駛盤。

我再度聳肩，「反正我希望能多學習有關楓樹湖的事。」然後我閉上嘴。媽媽嘆口氣，再次把頭靠回椅子上。

我伸出手，還來不及細想媽媽是否希望我這麼做，便已搭住她的肩膀了。這是埃莫斯會做的事，我訝異的發現，媽媽的皮膚好暖好柔，我想到她的心臟在寬鬆的棉襯衫下劇烈的敲擊著。

媽媽轉身捧起我的臉，緊瞅住我的眼睛。突然間，我憶起了從前——媽媽在淺水中朝我潑水，我哈哈笑著潑回去，而埃莫斯和爸爸正在繫我們的小船。我記得那天天氣炎熱，我好喜歡水花灑在臉上的感覺。媽媽對我潑了一大堆水後，在水中跳了幾個大步，然後像這樣的捧起我的臉。「我的小女兒。」她說。

她現在沒說這句話，但我心底清清楚楚的再次聽到這幾個字，我知道以前的那個媽媽還在，藏在這個新的媽媽裡頭。媽媽終於拔掉車裡的鑰匙，拉動門閂，奮力推開難推的車門。媽媽下車探身到後座拿我們的雜貨塑膠袋時，我聽到她嘀咕說：「也許沒關係吧。」

那是我最後一次聽媽媽提那件事。當週近尾聲時，戴爾先生在學校握著我的手，恭喜我成為少年科學家。到家後，爸爸抱住我，提醒我去生物站時，得帶著我的iPhone，深怕我會忘記似的，他甚至送我一個裝手機的薄塑膠盒——「百分之百防水，」說著爸爸把手機放到盒子裡交給我。

但媽媽什麼話都沒說。

7 媽媽的默許

這學期的最後一天，戴爾先生在科學課上多挪出了一些時間，把莉莎的月亮畫再次放到投影機下。他談到大自然的循環模式，並提點大家在戶外要觀察那些模式。埃莫斯會觀察既定的模式，找出其中的異常之處。他要是能看見這根鯨齒——我知道他一定會說牙齒過大，不像鯨魚的牙齒，一定來自其他生物。

我翻開自己的月亮圖表，開始畫下記憶裡的白鯨。

如果——

我想起了埃莫斯第四條線索中提到的金色斑點，我在畫出鯨尾和粗鈍的鼻子時，一邊在鯨魚全身添加細小的鱗片。莉莎一定比我會畫，我本想把圖推到她桌上，請她幫忙，但我還是希望埃莫斯的筆記只屬於我。

我加上一條長捲的尾巴，和更多的鱗片。我太相信埃莫斯的說法，但水生生物學家不僅研究水，也研究水中的生物。而且我知道，科學家一直在發現新的物種。

如果牠們沒有全部離開呢？如果有些鯨魚留下來——並成長——而且改變了呢？

「那是什麼？」達倫的聲音從我身後冒出來，我可以感覺他在我身後墊腳。我用一隻手遮住圖，很快抬起頭，我一定是想到出神了，因為投影機已經關了，所有同學正在收拾自己的桌子，彼此笑鬧著。

「什麼？什麼？」我嘟囔說，把畫紙翻回月亮週期的部分。我現在實在沒心情應付達倫。

他露出受傷的眼神，然後搖搖頭說：「妳以前都不會這麼奇怪。」

我沒抬眼瞧他，「你以前也不會這麼煩人。」

以前媽媽休假時，有時會去接已經放學的埃莫斯和達倫一起回家，餵他們吃餅乾和蘋果，就像她也是達倫的媽媽。

學校老師常抱怨達倫坐不住，可是達倫和埃莫斯可以在我家院子的楓樹上坐好幾個小時，或是在餐桌上玩好幾小時的樂高。我從來不知道他們兩人唧唧咕咕在聊些什麼，但我會看到他們朝著彼此低下頭，動著嘴脣說話。

等我們開始上中學後，達倫就不再那麼常來家裡了。可是午餐時，我會看到埃莫斯端著餐盤，走到總是獨來獨往的達倫身邊，然後兩個人的頭跟小時候一樣低靠在一起。於是，達倫孤單的模樣就慢慢不見了。

此時我感覺達倫的眼神盯著我的畫紙，我盡量靜靜坐著，但是達倫非但沒有走開，還繞到我的桌子前。

「呃，」他說，「所以妳要參加楓樹湖競釣嗎？」

楓樹湖競釣是六月底，是為濱地郡小朋友舉辦的釣魚比賽。

一開始我什麼都沒說，達倫垂眼看著自己的鞋子說個不停，「我知道這個時間點很奇怪，」他說，「因為其他比賽都是在秋季、春季舉行，除非是像冬天的冰釣比賽。」

我想到埃莫斯會在午餐時拍拍達倫的背，跟他講笑話。「是啊，」我努力擠出談話的力氣，不讓他吃閉門羹。「他們辦這場比賽，大概是為了讓放假的孩子有事做吧。」

埃莫斯和我從沒參加過競釣，因為我們一天到晚都待在楓樹湖了，而且埃莫斯說，他不喜歡跟人比賽釣魚，不想看到湖裡擠著一堆船隻爭搶地盤；他甚至不想知道，是否有別人知道老爸的祕密釣點。何況，達倫幾乎年年奪冠，我覺得埃莫斯並不想奪走好友的光環。

「妳可以贏的，雅蒂。」埃莫斯這樣跟我說，「如果妳想要的話。」不過我總在他的語氣中聽到猶豫，而且沒有埃莫斯陪著，我真的不想釣魚。

不過不知為什麼，今天我竟然回達倫說：「也許會吧。」他揚起眉毛。

「也許不會，」我接著表示，「我還沒決定，今年我在幫莉莎養她的四健會小牛。」

「呃，如果妳需要競釣的訣竅，跟我說一聲。」他說。我在心中嘀咕，達倫明知埃莫斯和我從小就會釣魚，我並不需要任何人提點竅門。

可是當他前後晃著身子，用沉重的靴子跟不斷踢著地板時，我知道埃莫斯一定會說：「他只是很興奮罷了，雅蒂。」然後就不放在心上了。埃莫斯會提醒我，達倫幾乎整個暑假都在他鄰居的農場上割草料、清掃牛棚，我們都知道，達倫打工掙到的錢都直接給家人了，楓樹湖競釣對他來說是件大事，而且他是釣魚高手。或許能幫助別人，令達倫覺得開心。

可是埃莫斯並不在這裡，我的心情鬱悶至極。「不用了。」我說，然後又回去看自己的畫紙，直到達倫離開。我看到他垂頭喪氣的用右手拿起桌上一個裝滿東西的塑膠袋絞著，我這才想到，我從沒看過達倫背著背包，也許他沒有背包。

後來我考慮去找他，然後——我也不確定。也許還是問他競釣有什麼竅門吧，即使我根本不需要，也許我也會把自己的畫拿給他看。可是等我清理完儲物櫃後，達倫已經走了，戴爾先生告訴我下週何時到生物站，並叮囑我一定要帶午餐。莉莎等在教室門外，我們四目相接，莉莎開口用嘴形說「快點！」巴士還有五分鐘才出發，可是莉莎喜歡早點到，這樣就可以先挑座位了。

「我九點會到，」我告訴戴爾先生，「我爸說會載我過去。」

「太好了。」戴爾先生拿出一盒他總是放在書桌上的薄荷糖，然後對我點點頭，示意我拿一顆。

「謝謝。」我說，「下週見。」

搭車回家的路上，莉莎很安靜，我覺得需要對她說點什麼，就像對達倫那樣，可惜遲了。於是我試著問她作品集和小皮蛋的狀況，但莉莎的回答都不超過三個字。她靠在車窗邊，彷彿有某種重量將她的肩膀往下壓。

不過莉莎還是和我一起下巴士，一起走進巷子裡。等我們放下背包後，莉莎遞給我一條燕麥棒，要我帶去穀倉吃。

我們來到小牛棚，莉莎似乎稍微開心一點了。她帶我到小皮蛋的畜欄，把一個連著繩子的小頭套交給我。

「牠很可愛，」小皮蛋晃過來時，莉莎說，「而且跟很多小牛相比，不會膽怯，至少妳挑了一頭好牛。」

「我該拿這套子怎麼辦？」我問。

「先還用不著。」莉莎說，「只須掛到那邊鈎子上就好了，先試著摸摸牠。」

小皮蛋讓我搔牠的頸子，可是當我揉牠耳朵時，牠卻抬起頭，很快就挪開了。莉莎哈哈笑說：「要慢慢來。」

我聽到穀倉門咿咿呀呀的打開，馬克叔叔出現了，「我想過來看看大家的狀況，」他說，「看來小牛慢慢在適應妳了，嗯？」

「牠有點害羞。」我說，但小皮蛋似乎聽得懂，想證實我講錯了，只見牠走過來，氣息短促的嗅著我的手。

馬克叔叔哈哈笑說：「小牛會那樣很正常，妳試過幫牠套頭套了嗎？」

說完叔叔為我們示範——呃，其實是為我，雖然他說可以順便讓莉莎好好的溫習一下——如何把頭套套到小皮蛋的鼻子和頭上。

「像這樣讓頭套留一會兒，」他說，「牠慢慢就會適應了。」

馬克叔叔輕撫著小皮蛋的皮毛，牠甩甩頭，用鼻子蹭叔叔的夾克，牠似乎能感受到馬克叔叔在對自己做什麼。爸爸總說，你可以看出馬克叔叔有多麼喜愛動物，因為他幾乎把牛當成人來對待，還幫牠們全都取了名字，叔叔甚至把牠們的照片存在他的手機裡。

「還有，今天幫牠刷刷身體也不錯。」馬克叔叔從穀倉牆上的架子拿了一把鬃刷，他先讓小皮蛋聞一聞，然後用刷子輕觸牠的身體。

「雅蒂，」他說，「妳爸爸告訴我說，妳要到楓樹湖跟科學家們一起進行研究。」

「我都還沒開始呢。」我說，「但快了。」

「我必須說，我真的很難相信楓樹湖被汙染了。」馬克叔叔用刷子刷著小皮蛋的身側和背部，「妳要刷刷看嗎？」他問。

馬克叔叔是位極富耐性的老師，他教我如何在沒有火柴的情況下，用弓鑽生煙，如何用火種和煤炭打造營火。我們會圍坐在營火邊，叔叔逐一指著空中所有星座，跟我們訴說星座的故事：大熊座、小熊座、獵戶座……

我接過刷子，遵循馬克叔叔的引導，可是我覺得小皮蛋在我的碰觸下，皮膚微微發顫，接著牠走到一旁，避開我的手。

「力道再重一點，」馬克叔叔說，「還有要放慢呼吸，如果妳很平靜，便能幫助小牛跟著平靜下來。」

我深深吸口氣，「我想科學家們說楓樹湖受到汙染，並非空穴來風。如果湖水真的受到汙染——我還滿想知道原因的，那樣我們才能補救。」

「我只希望他們知道自己在做什麼就好了。」馬克叔叔說，「那座湖是泉水注成的，相當的深，而且打從我曾祖父母還小時，就乾淨到不行。」

我好想問馬克叔叔，他是否測試過水質，所以才那般篤定，可是又覺得不恰當，因此只說：「但願我能更深入瞭解楓樹湖。」

馬克叔叔用大手搭住我的肩膀，輕輕一擁。「妳是個好孩子，是我最愛的姪女，」他說，「若說有人能幫助那些科學家們釐清問題，那非妳莫屬。」

接著他親了親莉莎和我的頭頂，然後揮揮手，走出門外，現在僅剩下莉莎、我和小皮蛋了。小皮蛋似乎已經適應頭套了，也不再那樣搖頭晃腦的甩著頭，能老老實實的站定了。我把刷子交給莉莎，換她來刷。

「所以少年科學家計畫是從下星期開始，是吧？」莉莎把手放到小皮蛋的尾巴旁邊，在牠後方慢慢繞著。

我立刻明白，為什麼莉莎在巴士上話不多了。學校結束，表示暑假要開始了，這是莉莎和我第一個聚少離多的暑假。

小皮蛋在畜棚上蹭著頭，頭套被蹭歪了，於是我幫牠調整，莉莎則從鉤子上取下空的糧桶。「老實說，雅蒂，我有點替妳緊張。」她說。

我感覺自己的手微微發顫，「不會有事的。」

莉莎抬眼望向穀倉天花板，看著掛在椽木上的蜘蛛網。「我只是……還不明白，妳為什麼要去做那些事？」她說。莉莎再度張口，卻欲言又止，但我知道她接下來想說的是，卻不願待在這裡，陪我。

一個比任何人都瞭解我的人，竟然無法理解我渴望做什麼，感覺好奇怪。如果莉莎不理解我為何需要楓樹湖，我該如何解釋呢？

我搖搖頭，「我只是覺得自己必須去做這件事。」

「因為埃莫斯嗎？」她問。莉莎說到埃莫斯的名字時有些哽咽，我好怕她會開始哭，但她沒有。莉莎走到裝穀糧的桶子邊，我跟過去拉開蓋子，讓她幫小皮蛋舀糧。

「不僅是因為他，」我說，這倒是真話，但莉莎也沒說錯；有一部分原因是為了埃莫斯。當然了，我希望盡力跟工作站的科學家學習，萬一湖水受到汙染，我也想找出解決的辦法。我口袋裡還放著埃莫斯的筆記，把它放在身邊，讓我覺得埃莫斯也在一旁。

莉莎轉向我，「呃，我會在這裡的，雅蒂。」她說，「小皮蛋和我都會在。」

我伸手握了握她的手，莉莎任由我握著，但眼神卻似山頂的雲霧。她眨了兩下眼睛，以前她忍著不掉淚時，都會這麼做。接著，她移開了眼神。

8 新夥伴阿泰

少年科學家任職的第一天早上，我醒來時，媽媽已經下班回來睡覺了。廚房裡飄來咖啡香——爸爸也許已經裝好他的隨身熱水瓶，將它放到卡車上了，可能還外加一份火雞三明治和一包洋芋片。我出來倒穀片早餐時，看到自己的背包擺在餐桌上，旁邊放了水壺和一個牛皮紙袋。

「謝謝老爸。」我指著袋子說。

「別謝我，」他說，「是妳媽媽弄的。」

「真的嗎？」我問，「她什麼時候弄的？」

「我猜是下班後吧，」爸爸說，「留在那兒給妳的。」

我想像媽媽有力的手指在打開紙袋時微微發顫，我望進袋子裡。

「不會吧！」我說，「花生棉花糖醬三明治！」我幾乎沒帶過這種東西，媽媽老怕花生棉花糖醬糖分過高，她常告訴我們，補蛀牙很花錢，而且補乳牙對恆齒無益。「上次她幫我們做這種三明治，大概是在我們五歲的時候。」接著我摀住嘴巴，意識到自己又來了——我又說我們了。

爸爸用手背擦著眼睛，但動作極迅速，他有可能只是在擋太陽而已。

然後我想到了埃莫斯。在那完美的瞬間，他那雙黝黑又纖細的腳晃入我眼簾，然後又跑開了。我看見他了，真切的看見了他。埃莫斯拿著他的花生棉花糖醬三明治，沿著湖邊狂奔。「妳抓不到我！」他高聲喊道，我哈哈笑的追了過去，手心緊抓著自己的三明治。

「我抓得到！抓得到！」

然後我腳底一絆，摔倒了，膝蓋撞在沙上，三明治從我手裡飛了出去。我急急忙忙衝過去，發現三明治都沾到沙子時，忍不住哭了。前方的埃莫斯停下來轉身，陽光將他的頭髮染成一片金黃，他眼色一沉，開始朝我奔回來。我一邊擦著三明治一邊哭，「雅蒂，」他說，「雅蒂。」

接著他在又咳又哭的我身邊跪下來，遞上自己的三明治。

「沒事的，」他說，「我的給妳。」

我依然能聞到那股又甜又鹹的香氣，依然記得從他手裡接過三明治時，又柔又暖的感覺。記得我抽著鼻子將三明治撕成兩半，一半遞回給他，我們大口大口的把三明治吃掉，一邊聆聽嘩嘩的波浪聲。

我收攏袋子，放進自己的背包裡。

「可以走了嗎？」爸爸問。我們開車往生物站的路上，爸爸用手指輕輕敲著方向盤。

「我來接妳下班，」他說，「然後送妳去農場，繼續跟那頭小牛混熟一點。牠叫小皮蛋，對吧？」感覺上，爸爸像在自言自語，而不是跟我說話。

「好。」我們幫小皮蛋刷完身子後，我都還沒跟莉莎講到話，我知道她一直在幫馬克叔叔餵小皮蛋和其他小牛，說不定還在小皮蛋的棚子裡多待一會兒，幫小牛揉耳朵。

可是在這片林木濃密，幾乎將湖面掩去的岸邊，莉莎感覺變得好遙遠。我若仔細看，能看見顫動的綠葉，以及若隱若現的藍色湖水。

「妳要多加小心。」爸爸說。

「我會的，老爸。」

「妳若是改變心意，」他說，「就給我或妳媽媽打電話，別怕吵醒她，用iPhone打。」

「我不會改變心意的，爸。」但我可以感覺自己的心在怦怦跳著。

「好啦，好啦。」他說，「我知道。」

爸爸把車子停到生物站前，生物站看上去與記憶中的一樣，就像一間大木屋，屋子設在林子深處，幾乎像是從林子裡長出來的。我知道裡頭至少有一間實驗室，因為戴爾先生跟我提過，另外還有幾個不同的房間，供研究人員開會或做實驗使用；裡頭甚至有一間對外開放的迷你博物館，館中有照片、實景模型，以及楓樹湖從冰河時期至今的解說。埃莫斯和我以前在健行結束後，有時會跑去迷你博物館看展。

我們踏上通往生物站的小徑時，我的手機震動了，是莉莎打來的。

妳晚點還會過來嗎？

我的胸口揪了一下。

大概四點左右吧，我回說。

我們還來不及敲門，戴爾先生已經把門打開了。「雅蒂！」他說，「歡迎。」他對老爸伸出手，老爸遲疑了一下才握上去。

「哈囉，洛格先生。」

老爸點點頭，「哈囉。」他說。

「您想進來嗎？」戴爾先生問，他稍微讓到一邊，頂上的天光從後方漆黑的門口照過來。

我抬頭看著老爸，他重重的嚥著口水，然後搭住我的肩。我知道我們若走進去，便會看到開向楓樹湖的窗子，老爸大概也知道，我不確定他想不想看到。

但爸爸點了點頭，「好啊，四處看看也無妨。」

戴爾先生示意要我們入內，爸爸猶豫著，彷彿後悔剛才講的話，可是我走進去時，他就跟在我後頭。

「這裡是大廳，」戴爾先生說，「很適合想進一步認識楓樹湖的訪客，這邊有一些資訊手冊，地理區域的地形研究、健走路線圖、露營資料、楓樹湖及周圍山區的實景模型——」他一一解說。

我順著老爸的眼神，從牆壁往上挪向木頭天花板，略過望向湖面的窗子。我不知道老爸是否來過這裡，通常他到楓樹湖時，都是在湖上釣魚。

「沿著走廊過去就是實驗室了。」戴爾先生解釋說，「不過你們要不要先去看沙灘？離公共沙灘並不遠，但我們有自己下船的滑道，這有利於蒐集湖水樣本，並前往湖上更遠的地點。」

我們從老爸最愛的釣點，可以看到生物站，可是我從沒來過這片沙灘，只去過公共沙灘，埃莫斯和我在健行後，會在淺灘涉水玩耍。

「我知道您是楓樹湖專家，」戴爾先生打開門說，「也許我該向您請教一些釣魚的要領。」戴爾先生也釣魚，我們的船還甚至交會過，每次船隻交錯，我們總會彼此揮手。當然了，那也是好一陣子前的事了。

老爸把手插到口袋裡，然後清清喉嚨。「這是哪兒的話。」

「是真的呀。」我說，「爸爸根本不需要別人裝在船上的那種搜魚器，他知道哪裡可以找到魚，任何月份都行。」我語速極快，並極力不去看窗外的湖景。

爸爸不好意思的搖著頭，但戴爾先生已經帶我們走出來了。我穿過門時，湖水冰冷的涼氣，以及被太陽烘暖的沙礫氣味撲面而來。我的手開始發抖，我只好緊緊握成拳頭。

楓樹湖長八點零五公里，寬一點六公里，西有曼山，東為斜角山，兩座大山幾乎占去整座湖的長度。曼山與岸邊之間，有條蜿蜒曲折的小路，但另一側的斜角山則直接伸入湖中，沒有容得下道路的空間。由於兩山環伺，往楓樹湖中心行船時，令我有種被包圍的感覺，像走在滿是藍色的露天隧道裡。我曾沿著山徑上山，順著羊腸曲徑，走到兩側被雪松與松樹包圍的岩地。楓樹湖攤展於下，平靜光滑得像一片藍色床單，水鳥在其間撲飛潛鑽。

戴爾先生不斷的瞄著爸爸和我，似乎十分擔心，他一定是猜到我們看到楓樹湖一波又一波的捲浪後，可能會承受不住。我想起芭芭拉•安說過，克服恐懼是好的，就是此時此

刻，我並不喜歡自己胸口被揪緊的感覺。我看到老爸望向曼山時，咬緊了牙關，曼山層層疊疊的花崗岩一片一片從湖中突起，上頭的樹往兩旁傾斜，樹根攀附在岩石上。

呼吸，我告訴自己，呼吸就對了。戴爾先生又說話了，但我聽不進去。我往背後伸出一隻手，拍了拍放著埃莫斯筆記本的口袋。我一碰著筆記本，便開始呼吸了，一開始微顫，然後才平穩起來。沒事，我說，是楓樹湖啊。

爸爸來回的挪腳，看著手錶，「我該走了。」戴爾先生正談到湖岸雪松的患病率時，爸爸打斷了他的話。

戴爾先生似乎有些訝異，但很快就恢復了神色。「是的、是的。」他說，「那我們晚點見了，洛格先生。」說著他再度伸手，爸爸握上去，卻側眼瞄我，用眼神問，妳確定嗎？

我點點頭。其實就算不是很確定，也能說確定，因為有時鼓起勇氣說出來，就能幫助事情變得篤定。我抬手抱住爸爸，用額頭貼著他的脖子。「待會兒見，爸爸。」我說，然後目送他，而他頭也沒回的穿門離去。湖水在我身後呢喃，水浪如低語般的輕拂細沙，叫我留下來。

「準備好要看實驗室了嗎？」戴爾先生問。

「當然。」我說，然後又表示：「我的意思是，是的，準備好了。」

我們走回主建物，穿過窄小的走廊，來到走廊盡頭前的一扇門。戴爾先生將門推開。

「這位是李博士。」老師指向一位纖瘦的女子說，女人將黑直的頭髮綁成一束垂至頸邊的馬尾，她淺笑著從擺滿紙張的桌邊站起來。

「妳一定就是雅蒂了。」李博士說話帶著口音，聲音清亮悅耳，彷如音樂。「我聽說妳好多事，我知道妳將來也想當科學家是吧？」

我點點頭，突然害羞起來。

「很高興你們老師這個暑假能帶妳來工作站。」她說，「我們有很多工作要做，依戴爾先生告訴我的話來看，妳一定能幫上大忙。」

我覺得胸口稍稍一熱，想像自己看著李博士滿桌的報告，仔細研讀它們。不知怎的，我已能感覺到和她一起工作，對我會有很大的幫助了。

「當然了，妳已經認識妳的老師了，旁邊這兩位是跟著我的研究生，杰克和塔莎。」一頭紅色短髮，皮膚蒼白，滿臉雀斑的杰克在牆邊的書桌邊揮揮手。「妳好，雅蒂。」他說。站在李博士旁邊的塔莎，滿面笑容的伸出戴滿銀手環的手腕，「歡迎來到本俱樂部。」兩人和我握了手。

接著李博士四下掃視，「嗯，」她說，「那個男孩好像又跑掉了。」

就在這時，我看向窗外，他應該就是她口中的那個男孩。男孩黑髮翻揚，躍過湖岸上的枯木和石頭，腋下還夾著一顆足球。男孩站定後舉起一隻手，用指尖旋轉著球。李博士

瞇起眼睛，「如果我們能把他拖回實驗室，那真的叫奇蹟了。」她說。

「那位是阿泰。」戴爾先生告訴我，「是李博士的兒子，其實他跟妳同齡，是吧，李博士？十二歲？」

「正是十二。」她皺著眉說。

即使在屋裡，也能聽見阿泰的歡呼和笑聲，此時他用膝蓋頂著球玩，兩腳在沙上踩出深印。接著他把球放下來，直接奔入湖中，然後開始尖聲大叫。我用手掌摀住自己咯咯的笑聲，心想，湖水不冰才怪。

李博士搖著頭，望向天花板。「我相信沒有太多本地人能在六月中衝入湖水裡，」她說，「是吧，雅蒂？」

「差不多是那樣沒錯。」我說，「不過話又說回來，我們家的人有點瘋狂，我們會在零下十五度時跑去冰釣，甚至在雨天裡游泳，而且我哥——」我重重的嚥了一下口水，把話留在嘴裡。我指著此時從湖裡跳起，抱住自己身體發抖的阿泰。緊接著，他撿起了足球，從窗邊跑過去。「我哥哥跟他有點像。」戴爾先生聽到我用現在式時，並未皺眉，我也沒有，而李博士就算知道埃莫斯的事，也沒有表現出來。

我聽到門砰的打開，一顆球在硬瓷磚上彈跳，接著是疾馳的腳步聲。「毛巾！」李博士喊道。

「唉呀，忘了！」牆壁另一邊有個輕快明亮如陽光的聲音回答說。一陣匆忙的腳步聲，然後重重咚的一聲，接著是：「來啦！」

阿泰穿著泳褲衝進實驗室，身上半乾。他拿毛巾用力擦著臉和頭髮，然後讓毛巾從肩上掉到足球上，接著在地上的袋子裡東翻西找，抓起一件前面印著莉莎也許會稱之為抽象畫的T恤。我盯著布滿交錯線條的T恤時，李博士說話了，她的語氣登時變得嚴厲起來。

「阿泰，這位是雅蒂，來自本地中學的少年科學家。」她說。

阿泰一手抄起足球，另一手抓住我的手。「嘿，雅蒂。」他說，「我是江泰，是……從布魯克林來的少年偷渡客，聽起來還不賴吧？」說完，他繞過中央的桌子，跟杰克和塔莎擊掌；我看到李博士被幾張掃落到地上的文件弄得有些尷尬，但我忍不住微笑。

「對不起，老媽。」阿泰蹲下把紙張撿起來，然後站直身子，用手指扒著自己的溼髮。「外頭冷死了。」

「你覺得冷，是因為你身上溼了。」我說，「何況湖水得等六月底才會真正變暖，其實就算水暖了，跳進去之前最好先做暖身，否則剛上岸時會冷到爆。」

「嘿，可是很爽啊。」阿泰發著抖說，「而且我媽說，就算湖水可能有些汙染，游泳還是沒問題的。是吧，老媽？」

李博士緩緩搖著頭，收拾被阿泰弄掉的報告，然後抬起頭，「我不想嚇到雅蒂，」她

小心翼翼的說，「不過，是的，我們發現湖中最暖的淺灘區，出現了有害的藻華現象（譯注：algal bloom，在一定範圍水域中，浮游生物及藻類於短期內過度繁殖的現象）。雅蒂，妳有沒有見過？像是水面上，出現藍綠色的東西？」

我試著回憶在楓樹湖時，有沒有見過那樣的現象，「我不確定。」我說。也許等老爸來接我時，我該問問他，但話又說回來，我想老爸跟老媽一樣，都不想再談楓樹湖的事了。來接送我，對爸爸來說，大概已經很勉強了。

「藻華通常在夏末初秋出現，」李博士說，「但過去一年，便開始有人報告說見到了，我們在尋找更多案例，以便確認它們的存在，並調查原因。」

「我的意思是……我知道每次我們把船放入湖裡或拉上來時，都得檢查有沒有狐尾藻。」我說。我從來沒多加留意，但老爸有時好像得清除船體上的狐尾藻。「妳是指那個嗎？」

「聚藻，」李博士說，「這是一種入侵物種——非來自本區域的植物，很可能對經濟、環境或人類健康造成傷害。聚藻跟我剛才提到的藻華不一樣，但聚藻確實是個問題。」

「聚藻有可能是造成藻華現象的原因嗎？」我問，「或者說，受到汙染的湖水，會使聚藻這類入侵物種，更易於生長？」雖然我不是很清楚事情的脈絡連動，但感覺楓樹湖的這些異樣可能像蜘蛛網上的細絲般，息息相關。

「問得好。」李博士說，「其實這是有爭議的，聚藻未必與汙染相關，不像有毒的藻

華那樣，但聚藻產生的問題確實與人類有關，它也可以說是生態失衡的指標。」

失衡。我想像湖水傾往一側，就要流出了；我猜我從沒想過楓樹湖平不平衡，沒想過楓樹湖會是其他模樣——它總是一逕的蔚藍、深邃、清涼，有時則顯得殘酷。

戴爾先生兩手一拍，「很棒的開始，」他說，「雅蒂，我想坐下來跟妳談談，說說這個暑假妳會學到什麼，以及妳能幫忙的地方。阿泰，你要不要一起來？」

「跟他們一起去吧。」阿泰還來不及回答，李博士倒是先說了。她輕輕戳著阿泰，阿泰尖叫著抓著自己的肩膀。

「唉唷，媽，我的手臂！」他嗒呼的叫著，然後看看我，笑了笑，接著他定定站著，沒有朝戴爾先生或我走來。

李博士硬是把足球拿走，她的動作緩慢，甚至很輕柔，但嘴唇抿成一條緊線。阿泰一開始還把球緊壓在屁股上，後來便放棄了，讓球落入李博士手裡。

「好吧。」他說，「我去就是了。」他跟著我走，然後靠向我的耳朵。

「沒想要惹妳不高興的意思啊，」他說，「但我實在不是什麼科學粉。」

「沒事。」我說，反正這是我愛的。我把手塞到後邊放埃莫斯筆記本裡的口袋，糾結著要不要把本子拿出來，在上面寫下有害的藻華、失衡，以及剛才李博士所說的一切——這都是某種現象的證據。我不確定那跟埃莫斯的線索如何銜接，但我想查個水落石出。

9 少年科學家培訓計畫

戴爾先生帶我們進去另一個有冰箱、水槽和桌子的房間。「要的話，妳可以把妳的午餐放到冰箱裡，雅蒂。」

我擺好後，坐到阿泰旁邊，戴爾先生把我們拉到他旁邊的椅子上。

「好。」老師表示，「雅蒂，我們之前談過，趁這個暑假累積一些經歷，讓妳能早點加入科學俱樂部。想進俱樂部，妳得展現出自己具備科學家的思維，那意味著必須遵循特定步驟。」

「例如，科學方法的步驟嗎？」我問。

戴爾先生對我比了個讚，「要不要大略描述一下？」他問。

我聳聳肩，「我有點生疏了。」

「我可沒有。」阿泰說，「這點得謝謝我的科學家老媽，不過我可以幫妳做總結，超級簡明的梗概。有多少？六個步驟吧？我保證可以用三個詞解釋完畢。」

「願聞其詳。」戴爾先生說。

「沒問題。」阿泰說，「準備好了嗎？那就是：質疑、研究、分享。」

「質疑、研究、分享？」我重述說。

阿泰堅定的點點頭，「妳明白了。」

戴爾先生哈哈大笑，「很好，」他說，「說得很到位，而且非常簡潔，也許我該把自己的課程改一改了。」不過他還是給了我們每人一份資料，上面寫滿我們必須遵循的正確步驟：觀察、提問、建構並測試假設，然後分析、溝通我們所學到的事物——當然，我也很喜歡阿泰的版本。

「所以我們要質疑什麼？」戴爾先生問，「我們需要學習什麼？」

我在椅子上坐直，「我們在懷疑，楓樹湖是否受到了汙染。」我說，「或者說，它為什麼被汙染？我猜我們已經觀察到了，因為有害的藻華現象。」

「我們必須探究汙染情形有多嚴重，以及汙染源自何處。」阿泰說。

「沒錯。」戴爾先生表示，「阿泰，就我所知，你母親認為你的能力很夠，能跟雅蒂一起參與這項計畫。」

阿泰往後一靠，假裝往自己心臟插刀，但接著他坐起來，「我不是特別喜歡科學，戴先生，」他說，「不過我會陪我們這位朋友的。」他往空中舉拳，我也回拳輕擊。我們的指節才一碰，我便覺得瞬間喉頭一緊，眼中一酸。我別過眼神，試著忘掉埃莫斯和我最後一次舉拳輕擊的情形。

戴爾先生拿出自己的筆電給我們看一份表格，「這是水樣本的紀錄，」他說，「這個很重要，因為這是我們追蹤不同湖區中，調查養分等級用的。我們會要求妳和阿泰練習每週輸入數據，並陪我們繞巡楓樹湖，幫忙採樣。」

「今天就開始嗎？」我問。

「當然。」戴爾先生說，「不過出發前，我想給你們看看其中一片李博士提到的有害藻華，等你們看見時才會認得。」

藻華一詞聽起來挺美的，像某種水裡開的花卉，我想像開在蓮葉上的粉紅與白色蓮花，可是「有害」兩個字提醒我，也許那根本不是什麼花朵。

當戴爾先生帶我們來到戶外，指著水中一片幾近黏稠的綠糊時，我皺起鼻子。我絕對不會把這些東西比喻成花——那是一坨坨近乎螢光綠，隨著波浪泛起漣漪的小綠塊。「這些並不算多，」老師說，「至少還不算多，但只要它們存在的地方，那裡的水質都不會好。」

「老實說，看起來挺噁的。」阿泰作噁的吐著舌頭。

「是啊。」戴爾先生說，「但我們要擔心的不是這個，這些有害的藻華可能攻占整座湖。你們知道州裡其他地方的海灘，曾經因此而關閉嗎？」

「呃，我可以明白為何要關閉沙灘。」阿泰說，「誰會想要在那種東西裡面游泳？」

「沒有人。」戴爾先生說，「那是一種細菌，一種藍菌，人類到這種藻華的水裡是很危險的，因為裡頭可能有毒素——不僅是水裡，連空氣裡也有。」

「可是這裡不可能有藻華。」我脫口而出，可是話才說完，便知道自己的話很蠢了，特別是對一個想成為科學家的人來說。我放低聲音，「我的意思是，怎麼會發生？」

「我知道很難想像，雅蒂。」戴爾先生說，「但我們若想防範藻華繼續擴散，便得找出汙染的成因，若按照阿泰的說法，就是指研究的步驟了。我們在採集水樣本的同時，我也會要求你們在地圖上註記看到有藻華的地方，那將有助我們確定藻華生長的範圍。它們可能在湖中某些地區消失不見，但在湖水較淺的地方，會比較容易看見。」

我再次看著那片藍綠色的爛糊，努力回想以前是否見過類似的東西，我想應該是沒有。

可是我突然明白——埃莫斯見過，這一定就是他所說的綠色區塊。他只是不知道它們的專有名詞，或它們是怎麼在湖中出現的。

埃莫斯起了疑心，他試圖盡自己所知的方式去研究，而且他真的很想與人分享，先是跟我說，然後打算等我們確定之後，再跟所有人分享。

我覺得胸口有個東西被打開。

我都沒有幫埃莫斯，大部分時間，我還嘲笑他總是在幻想湖裡有水怪。

他的線索不是非常科學，但他確實遵守了科學的方法，他覺得自己想解開的謎題十分重要，這是他的未竟之志。

戴爾先生、李博士、埃莫斯——他們全都在楓樹湖裡看到某個東西，某個其他人並不想看到的東西。

但那並不表示他們意見相同，李博士和戴爾先生可能不是看到神奇的生物，而埃莫斯可能沒看出楓樹湖受到汙染。

那一刻，我下定決心，我的工作就是查個真相大白。如果我看到任何能協助科學家的汙染證據，或任何令我想到埃莫斯所提出的線索，我都會繼續追蹤。

戴爾先生要阿泰和我，開始用實驗室的電腦研究楓樹湖的歷史。有些事我已經知道了，但有些則是新知，例如，以前覆蓋佛蒙特的冰層幾乎厚達一點六公里，每次冰川移動，便會沖走大塊土石和樹，冰川會鑿出山谷，形塑山形和湖泊。

「所以妳是被那位戴爾先生強迫，才來當少年科學家的嗎？」阿泰滑著頁面問。

他說得一派輕鬆，害我差點笑出聲。「呃……什麼啦？」

「妳知道嘛，」他說，「例如，他答應給妳A的成績？或例如說：『雅蒂，我很急，需要有個學生這個暑假來幫我，如果妳不來幫忙，科學課就永遠別想過關！』」

「呃，他又不會永遠當我老師，所以勒索也沒用。」我說，「但說真的，我真的想當科學家，像你母親那樣。」大聲說出口的感覺很不錯，彷彿這樣便不能退縮了，感覺挺好。

「妳這不是已經在當了嘛。」阿泰翻著白眼，但語氣並不尖酸。「我老媽很瘋狂的，妳已經決定也想當瘋子了？」

「我猜是吧。」我乾脆坦承說。

「不過我必須承認，」阿泰指著電腦螢幕上的一頭白鯨，「我爸一定會對這頭鯨魚很感興趣。我小時候，他常帶我去自然歷史博物館看化石。」

「對了，你爸爸在哪裡？」我問。

阿泰的眼神似乎罩上一層霧氣。「在紐約。」

我覺得臉上發熱，也許我不該問。「你爸媽已經不在一起了嗎？」

「噢，他們還在一起。」阿泰嘴裡發笑，但聽來有些苦澀。「通常我老媽在別處有暑期計畫時，我爸和我就會一起留在紐約市，可是這回他逼我過來。」

我等他接著說，可以感覺阿泰話中有話，但他若不想講，我也不會追問，至少現在不會。我瞭解那種不想說的心情。

但接著阿泰深深吸口氣，把椅子從電腦螢幕前滑開。他的腳一直都踩在足球上，並用腳指滾著球玩。此時他把球踢往我的方向，我急忙用腳把球接住。「該怎麼說好呢？」他表示，「我老爸覺得讓我們母子共度暑假，是個好主意……呃，簡單說吧，家低的。」

「誰跟誰的氣壓？」我問，一邊輕輕朝他把球踢回去。

「我媽跟我。」阿泰說，「她對我的成績要求超嚴格，我的意思是，我老爸雖然也在乎，但不會只看重我的成績。可是我——呃——這麼說吧，我不是她理想中的小科學家。」

「也許我們可以交換老媽。」我說，「我媽不太高興我來這裡。」

「真的假的？」阿泰問，「為什麼？」

「她就是很害怕。」此刻的我，實在不知道該如何進一步解釋。「所以就算你不是小科學家也沒關係啊。那你擅長什麼呢？」

阿泰站起來，開始在足球邊跳來繞去，將球來回的盤運，展現他的步法。他四處看了看，然後才回答，可是房裡除了我們，並無他人。

「答應我，我媽在時，不能提這件事，行嗎？」他問。

「當然。」我說，不懂這事有啥大不了。

「呃……去年秋天，我參加足球校隊了。」他說，「我們每天都得練球，但我都跟我媽說，我留校是為了把功課寫完。」

「哇咧。」我說，「一整個秋天，你都要守住這個祕密嗎？你們都不用比賽什麼的嗎？」

「我媽媽的工作量超大，」阿泰說，「我爸載我去球賽，後來老爸大概跟老媽說我在踢球了，但我想，爸爸還是希望我這個暑假能設法親自跟媽媽說。」

對我而言，足球似乎不是什麼不得了的祕密，阿泰是天生好手，他彈力好，衝速又快，跟彈簧一樣。他身邊只要有球，球就會像小飾物一樣的在他腳下打轉。我覺得，如果你真的那麼擅長一件事，就不該害怕去展現，對吧？

「你媽媽為什麼不希望你踢足球？」我問。

「也許跟妳母親不想讓妳當少年科學家的理由一樣吧？」阿泰回答說。

他說得對，我很難跟媽媽開口要在楓樹湖度過這個暑假，雖然研究科學對我而言，就像阿泰喜歡踢足球一樣自然。「瞭解。」我說，「媽媽們有時很奇怪。」

「可不是嘛。」阿泰輕輕搖頭，像是想甩掉水。「反正我來了，就這樣。」

之後兩人一陣沉默，透過打開的辦公室窗子，我聽到水浪聲，那是我之所以愛水的原因，水能填滿所有的空缺。

「不過妳不該難過。」阿泰突然說，「我覺得妳來當少年科學家挺酷的，妳很喜歡學，那就放手去做。」

我想像莉莎的眼神，聽見她的聲音在腦中響起。「妳媽媽對這件事感到害怕，[illegible]麼奇怪嗎？……我只希望妳好好的，雅蒂。」她的話迴盪不去，但我努力擺脫，此刻阿泰的話，聽起來比較順耳。

「謝謝。」我說，「而你很喜歡足球，你也應該放手去踢。」

阿泰嘆口氣，「看來我們兩個得互相提醒了。總而言之，這個暑假也許不會那麼糟糕。」

「是啊，」我說，「也許不會。」

10 湖底的水怪

等我們做足研究後，阿泰和我走往沙灘，拎著救生衣、水瓶和保冷箱，來到船上。在戶外的感覺真好，我的眼睛因盯著電腦螢幕過久而發疼。

我在船邊放下保冷箱，一手擦著自己的額頭；天氣逐漸轉熱了，我的防晒乳快融光了。

「那……」我說，「你本來這個暑假想幹嘛？」

「除了在佛蒙特從事超酷的科學工作之外嗎？」阿泰笑了笑，他知道我沒有挖苦的意思，「在街上閒晃吧。」

我輕哼一聲，「晃些什麼？」

阿泰從後頭口袋掏出一隻手機，「這裡，瞧。」他說，「我朋友和我有個群組，妳看他們在我離開時，都做些什麼。」

我靠過去，瞇起眼睛看著小小的螢幕，上面全是一群小鬼，他們或擠在巴士座上，或一行人手勾手的走在繁忙的人行道上，或坐在長椅上拿著甜筒冰淇淋，甚至還有一長自拍照，大夥舉著一顆足球，上面貼著「想你！」的標語。

「好酷哦。」我說，「他們好像玩得很開心。」接著我很後悔提醒阿泰，讓他想起跟朋友們在一起。這時，有個新的簡訊跳出來：

「**森林裡的日子可好？開始無聊了嗎？**」阿泰加速滑手機，並稍微斜開機子，以免讓我看見。我很想跟他解釋，我知道其他地方的人，常常嘲笑佛蒙特州這個小角落有多麼偏僻，但我依然深愛此地，也將永遠愛它。看到阿泰一臉尷尬，我也就不多說了，不想讓他難堪。

阿泰很快回了簡訊，我稍稍伸長脖子，當我看到上面的訊息寫著「**其實不會無聊。**」時，心跳了一下。

我聽到生物站的門碰的關上，一抬眼，便看到戴爾先生越過沙灘朝我們走來。

「嘿，兩位。」他說，「準備好上船了嗎？」

我知道該來的總是要來，可是當他說出「船」這個字時，我屏住了氣——這是我在埃莫斯死後，第一次坐船。

我當然想去，但也有點不想去。

阿泰把手機收回口袋中，轉身面向船塢。我耳中充盈著岸邊的碎浪聲，浪聲愈來愈響。

我心中顫抖，每根骨頭都在打哆嗦。

接著，就在我覺得體內快要震成碎片時，那股溫暖的感覺又來環繞我的肩膀，緊緊的擁著我，而我也隨之回擁，感覺體內的骨頭靜下來了。我再度深深吸氣，然後走向小船。

阿泰已在船上了，正在扣救生衣。戴爾先生解開將船繫在碼頭上的繩纜，我走過去時，他擔心的看著我。

「妳沒事吧，雅蒂？」他問。

我清清喉嚨，「我沒事。」我穿上救生衣，然後朝船的駕駛盤比了比，試圖保存剛才溫暖的感覺。「其實我會開船，兩年前學的。」

「我就知道。」戴爾先生說，「去年夏天你們全家一起去釣魚時，我滿確定看到妳在開船。妳知道怎麼使用納文電子海圖（Navionics）嗎？」

「納——什麼？」我從沒聽過那玩意兒。

「我弄給妳看。」他指著船上的GPS定位系統說。「阿泰，你也許會覺得這個很有意思。基本上，電子海圖是一種提供湖泊地點的應用軟體，你可以輸入你的地點，然後利用船上的定位系統，像搜尋地址似的找到湖泊。」戴爾先生按了幾個鈕，為我們展示湖泊各處地點的清單，那是李博士挑出來要我們採樣的地方。

接著戴爾先生打開引擎，一股熟悉刺鼻的香甜汽油味，混著攪動的水氣，灌入子裡。我們從船塢繞出來時，我的心隨著船隻輕揚，船身抵著波浪輕輕彈跳，我站穩腳，在我們家船上，我也會有相同的感覺——覺得自己是楓樹湖的一分子，而湖也是我身體的一部分。

之前令我骨頭打顫的恐懼感不見了，我幾乎可以想見埃莫斯就站在我後邊，從我肩後探過身子。媽媽和爸爸應該要回來湖上，我心想，也許那樣會有幫助。

「雅蒂，」戴爾先生把船速放慢到漂浮狀態，「妳想不想駕駛剩下的航段，帶我們去第一個地點？」

「真的可以嗎？」我問。戴爾先生笑了笑，退到一旁，示意要我到駕駛盤邊。我站定位置，氣定神閒的把船駛往GPS上的地點。我覺得自己做得非常順手，阿泰瞪大眼睛看著。

「好，」戴爾先生說，「關掉引擎，咱們下錨吧。我想為妳和阿泰示範如何在這裡採樣。」

我拉動沉重的船錨，然後望著它沉入水裡。它先是穿過我視線所能見到的清水區，然後沉入我僅能想像的漆黑深處，在那裡落定。戴爾先生從保冷箱中拎出三個透明塑膠瓶，然後各給我們遞上一瓶。

「這就叫採樣瓶，」他說，「今天的瓶子已經寫好標籤了，但以後你們就得自己寫標示了。首先，你們得先把瓶子放到水裡洗三遍。」老師示範的托著瓶底，放入水中，然後在水中翻動瓶子，讓水注滿。接著他把瓶子倒空，重複同樣的程序。「萬一瓶子裡有土或灰塵，這樣便能洗掉髒東西了。」

我把瓶子放下去，當手碰到冰冷的水時，忍不住發顫，但湖水感覺很溫和，包裹了我抓住瓶子的手指。

「等洗完後，再慢慢把瓶子放進水裡。」戴爾先生說，「不過要非常小心，別摸到瓶蓋裡頭，因為你們有可能不小心汙染了蓋子。」等老師把他的瓶子裝滿後，又把瓶子頂端二三公分的水倒回湖裡，然後才緊緊扭上瓶蓋。最後，老師把瓶子放入自己的塑膠袋中，再擺到保冷箱裡的冰敷袋上。

「我們為什麼得採這麼多不同的樣本？」我問，「湖裡所有的水不都是一樣的嗎？」

「不盡然。」戴爾先生說，「不同的支流——較小的溪流或河川會流入楓樹湖。檢測不同地點的水質，可以幫助我們釐清哪個不同來源的逕流，可能助長了汙染。然後我們便能去源頭查看狀況，看看人們做了什麼事，而導致問題發生。」

等阿泰練習完採樣後，戴爾先生拉起船錨。

「等等，就這樣子嗎？」阿泰問，「咱們做完了？」

「是啊。」戴爾先生說，「全搞定了。」

「不會吧，」阿泰說，「我真的很想看看這座湖，其實它挺酷的。」

「等一下。」我瞇起眼睛看著他，「你是說，我們玩得挺開心的嗎？」

阿泰微微一笑，聳聳肩，表示投降的說：「算是吧。」

「很高興你有興趣，阿泰。」戴爾先生說，「我們回去前，我帶你們兩個去繞一繞。」他把船進一步往北邊開，離開生物站。

阿泰伸長脖子，抬眼看著斜角山尖銳的花崗岩面往水中直削而下，水浪擊在岩邊。

「所以湖的這一側沒有沙灘嗎？」阿泰問，「沿途全都是山？」

「流過這裡的冰河也切穿了山群，」我解釋說，「然後就融化了，不過也因此楓樹湖才會如此冰涼。由於山的關係，除非搭船，否則不可能造訪這一側的湖。我哥哥──」我閉上嘴，討厭，我根本還不想談埃莫斯的事，卻已經說出口了。

「妳哥怎麼樣？」阿泰問。

「我哥以前喜歡把船划到那一側，然後再下錨。以前他常從樹枝上，盪入岩石不多的水裡。」我試圖保持冷靜，不讓聲音洩漏任何情緒。我心思飛轉，努力想講些別的，但阿泰緊瞅著我。

「以前？」他問，「他現在不再那麼做了嗎？」

戴爾先生瞄著我，一邊將船調頭。我看得出，他要是有便利貼，一定會偷偷遞紙條給我，叫我深呼吸。

「呃？噢——」我咬著脣，拜託別哭，我告訴自己。「我哥哥死了。」這話像小鳥一樣的飛出來，在空中懸飛。此時它們有了自己的翅膀，雖然我不太相信自己把它們放出來了，卻無法將它們收回，即便我很想這麼做。

「噢。」阿泰說，「哇，我——出了什麼事？」

我只是一逕的搖頭，戴爾先生很快轉身，一邊看著我，一邊打開氣閥；我們慢慢接近碼頭了。要的話，可以由我來跟他說，老師的眼神似乎這樣表示，可是沒有人比我更該解釋埃莫斯的事了，我只是不想多說罷了。

「好的。」阿泰輕聲表示，「沒關係。我——我真的很遺憾。」

我點點頭，覺得不必非說不可，這樣很好。阿泰滿隨和，人很好相處，不過我還是覺得冰河的重量壓在我心口上。我眨著眼，拚命忍淚。

戴爾先生很快把船停到碼頭邊，我跳下船，將繩纜套到樁子上。「做得很好，雅蒂。」他說，聲音有些粗啞，「妳很懂船。」

「謝謝。」我說。

「我得回實驗室了，」戴爾先生表示，「你們兩位去吃午飯休息一下吧。」

阿泰和我把保冷箱跟救生衣拿到室內，從冰箱取出我們的午餐，然後回到戶外，走到同一塊大石頭上坐下來，將餐巾紙攤到大腿上。

「我必須說，我那些紐約的朋友，在湖上啥也不會做。」阿泰指著楓樹湖說。接著他低頭看著沙灘，用手指在上頭畫圈。「我給妳看那些照片時，妳大概看到他們在問這邊是不是很無聊。」

「我知道他們為何那樣問。」我靜靜的表示，「但我不覺得無聊。」

「我也是。」阿泰很快接話說，然後臉一紅。「可是我覺得，他們的意思只是——你看看四周，這裡什麼都沒有。我的意思是，只有一大堆水呀、山呀、樹呀，基本上就這樣。你可以盯著一個點，永遠的看著，而且都不會變。」

「如果你並不知道自己在看什麼的話。」我說。

我望著大湖，波浪不停湧動，陽光在水上舞動，波光粼粼。一隻在二十三公尺外漂浮的潛鳥，突然尾巴朝上的鑽進水裡，等浮出水面時，嘴裡已叼著一隻不斷彈跳的銀色香魚了。我快手指著，阿泰及時抬頭，看到潛鳥飛走，水珠自它的翅膀上飛落。

「還算壯觀吧。」我說。

「沒錯。」阿泰咔嚓咔嚓的咬著蘋果，「我想我的朋友若真的來到此地，一定會印象深刻。這裡不一樣，滿酷的，這裡超級平靜，會讓人……沉思。」

這時有個念頭憑空跑了出來，像魚兒鑽進深水時冒起的泡泡，在我腦中飄起。

「嘿，」我問，「你以前有沒有釣過魚？」

「不算真的釣過，」阿泰說，「好像在度假時釣過一兩次。」

「你想增進釣技嗎？」我問，「這裡每年六月會舉辦釣魚賽，楓樹湖競釣，我們可以去參賽。」

阿泰哈哈大笑，「妳大概不會想跟我組隊，」他說，「釣魚跟比賽這兩件事，挺不適合我的。」

但我依然感覺到那些泡泡啵啵的冒著，而且在我心中亂飛，我知道我一定會幫我們兩個報名。我搓著手，然後看著阿泰，「不過你也沒有真的拒絕，對吧？」

他笑了笑，「應該是不會。」

「況且，」我接著說，「你以前釣過魚。」

「很少，」阿泰說，「但有釣過，至少我喜歡待在水上。我外公外婆來自中國一座與北韓相鄰的城市，我們回中國時，媽媽有時會帶我們去那兒，因為她小時候常去。我們會去一座叫天池的絕美湖泊一日遊。」

「真的嗎？」我問。

「天池的山令我想到楓樹湖。」阿泰站起來，在膝上擦手，然後跳過他留在沙灘上的足球。他開始玩了幾個步法，然後把球踢往我的方向。「這邊的山看起來不太一樣，不過天池四周確實也全都是山，而且超級寒冷，湖上的冰會結到六月中，現在那邊可能還結著冰。」

「說不定天池也是冰河造成的。」我勉強攔住球，然後踢回去。

「是啊，有可能。」阿泰說，「我得問問我媽，她一定知道。」他動也不動的拿著球，然後撿起幾顆小石子，一顆顆扔進湖裡，「不過有一點不一樣。」

「你是指這那些山在世界的另一頭嗎？」真希望我能去天池，親眼看看。

「那當然沒錯，」阿泰說，「但我的意思不是那樣，我是在講那隻水怪。」

「那隻什麼？」我覺得頸背的汗毛都豎起來，像吹到冷風，只是此時此刻並無風在吹。

「是啊，」阿泰說，「大家都認為那裡有隻湖怪，當然了，時不時就有人看到，也許真的有吧。我是說，很多人說他們感覺有東西撞到他們的船，或在岸上看到水裡有奇怪的形影。」

「也許你媽媽應該調查一下。」我說，聲音有點虛，但願阿泰沒發現。

阿泰輕哼一聲，「最好是啦。」他說，「她才不信那一套，不過如果天池有汙染問題……她一定會立馬去調查。」

埃莫斯的筆記擠在我的口袋裡，鯨齒則放在另一個口袋中。「那你呢？」我問，「你覺得天池有水怪嗎？」

阿泰丟出另一顆石頭，然後看著我，嘴角揚起一抹笑意。「我持開放態度，絕不把話說死，對吧？」

大概吧，我心想。但我還不想跟阿泰提水怪的事。

我的手機在震動，看到小皮蛋的大頭照，牠伸出一半舌頭，朝鼻頭捲上去。「**小可愛跟妳說嗨！**」莉莎寫道。我笑了笑，但拇指在螢幕上停住了。

我的心思停留在世界彼端的湖泊上，以及那個可能一閃而過的銀色身影。

結果我沒有回莉莎的簡訊。

11 夜訪圖書館

我不斷的想到天池，我知道自己不該隨意上網，使用太多流量，但我發現可以趁爸媽準備晚飯時，很快的用手機查一下。

螢幕上出現一片晶瑩閃亮的藍湖，四周是蒼灰的山峰，我查了一下，天池的深度將近二百公尺，比楓樹湖深兩倍之多。

英文稱之為Heaven Lake，「天堂之湖」。

我咬著下脣，快速的往下搜尋關於天池水怪的資料，但資料不如我預期的多，有人說，也許不止一隻，牠們會一起游動，激起漣漪。

「雅蒂！」我聽到媽媽叫喚，我點了手機的首頁鍵，然後把手機塞到枕頭底下。

「來了！」我說，我把筆記本翻到新頁，盡記憶所及的把天山的水怪寫下來，等晚一點能上網後，再回來添寫筆記。

「雅蒂，趁菜還熱著！」媽媽又喊了，我衝出房門，穿過走廊去吃晚餐。

「小皮蛋的情況如何？」媽媽問，一邊把裝了麵條和醬汁的碗放到桌上，爸爸拿了一壺水進來，我們全都坐了下來。一陣輕風從外頭吹過紗窗，掀動簾子。

「很好，」我說，「牠好可愛，莉莎和我餵牠，然後又幫牠刷身子，牠慢慢習慣頭套了。」

「妳對動物很有一套，雅蒂。」爸爸說，「我猜是遺傳到我。」他朝我擠擠眼，「以前我很愛養小牛。」

「莉莎呢？」媽媽問，「她還好嗎？」

「很好啊。」記得小皮蛋甩著頭，把我手中的刷子弄掉時，我跟莉莎一起哈哈大笑，那感覺好棒，雖然我們沒有說太多的話。

可是小皮蛋和莉莎在我的生活中，只占了好小一部分，不知媽媽會不會詢問較大的那一部分。

老爸倒是幫她問了。

「妳剛才說，他們又在湖裡找到什麼了？」爸爸問。

「藻華。」我解釋說，「那些東西顯然很糟糕。」

媽媽停止嚼食。「什麼東西？」她問。

「有害的藻華。」我重述說，「是一種很像植物的東西，可是——」

「我知道那是什麼，」媽媽搖搖頭，似乎有些緊張。「沒道理呀，楓樹湖向來非常潔淨，他們確定是藻華嗎？他們在哪裡找到的？」

我不知道媽媽竟然曉得藻華是什麼東西，她跟我們說過很多關於楓樹湖如何形成湖泊、四周植被的情況，以及湖中生物等事，但從沒跟我們提過藻華。聽到媽媽談論我正在進行的科學研究，感覺好奇怪。

「就在生物站的船塢旁邊。」我說，「但還有其他地方，我們也得去檢查。楓樹湖只是看起來很乾淨而已——反正有些問題。」

「妳認為會是什麼問題？」爸爸問。

「不確定。」我聳聳肩，「不過一定是某種東西，從某個地方流入湖裡了。」

媽媽從餐盤上抬起頭，表情突然一變，眼中閃著動人的光芒，宛如夜空中的煙花。

「妳知道有時會發生什麼情況嗎？」她說，然後在我們還來不及回應前，又逕自往下說，「工程建設可能製造許多逕流，沃爾瑪賣場兩年前開始動工，還有那排岸上的新公寓——會不會就是肇因？」

我呆若木雞的聆聽媽媽談我在生物站的研究情況，這比她在過去數週內對我說的話還要多。我好怕自己動一下，媽媽就會停止說話了。媽媽自顧自的點著頭。

「工程建設。」她說，「一定得好好調查一下。」

媽媽的明快與談話，令我想起她以前的模樣。「媽，妳覺得——」我才開口，便立即閉上嘴。她絕對不會肯的。

但媽媽正在聽。

我壯起膽子，「妳想不想去走那條步道？」

媽媽嘆口氣，「曼山步道嗎？」她說。媽媽知道我說的就是那條路，她總是跟埃莫斯一起去那條步道健行，就像她總是陪著我打水漂。

至少媽媽沒有生氣，而是展露別的情緒——悲傷。也許媽媽只是累了，她眼周的皺紋看起來好深，就像路上的車痕。

「我們不必走到山頂。」我說。如果我能讓她出門，到她常去的地方，或許——僅只是或許——媽媽就會慢慢復原，恢復成以前的樣子了。「就只是去看看，那就夠了。」我講得過急了，希望在媽媽拒絕之前，把所有的話講完，可是我感受她逐漸沉默下來，剛才的火花在黑暗中慢慢熄滅。

爸爸清了清喉嚨，「對妳或許有好處，蘿拉。」他說。

媽媽搖搖頭，「我不覺得。」接著媽媽用一根手指碰觸我的手腕，我僵住了，希望她保持那樣。媽媽的手指待了一會兒，然後便滑開了。「也許以後吧。」

「沒關係。」我說，語速有些過快，但我仍不斷滔滔說著，試圖掩蓋掉剛才那番不該說的話。「沒問題——反正我會很忙。戴爾先生要我們繼續研究楓樹湖的種種，我得跑趟圖書館，用那邊的電腦，不過圖書館好像再一個小時就關了，所以我最好趕快過去。爸，你不用載我去了，我騎腳踏車過去。」

爸爸張開嘴，但我沒等他說話，便把椅子往後一推，將盤子拿到水槽裡。我咬咬牙，希望有好運氣。

「帶著手機！」我打開門時，爸爸喊道。

出門後，我專心踩著腳踏車，雙腳蹬上蹬下。我聆聽自己的呼吸聲，將前輪對準我們家車道泥地上的車痕，腳踏車前後稍稍擺晃。媽媽的那句「也許以後吧！」在我腦中盤旋不去，我看見她明亮又空洞的眼神。忘記那條步道吧，我告訴自己，然而即使騎著車，在我閉眼的瞬間，我依舊能看到那條蜿蜒崎嶇的路，而它通往山頂，可以俯看整座楓樹湖。

莉莎的面容也飄入我的腦中，她滿心期待的把素描本遞給我。我看到她來拉我的手，在瑪莉嬸嬸和馬克叔叔家的桌邊，和全家一起唱著《生日快樂》。

可是那些我所最熟知的親友影像，突然令我覺得窒息發慌，像是被關在一個沒有出口的小盒子裡。我只想回到生物站，跟著不認識埃莫斯的阿泰，一起潛心鑽研各種問題。阿泰是認識我之後，才知道我有個雙胞胎哥哥。

等我沿著上坡，騎到圖書館時，已經氣喘吁吁，但我在握住門把時停了下來。冷靜，雅蒂，我說，冷靜下來。我又深深吸口氣，然後才進入陰涼安靜的圖書館。

圖書館員亞倫女士正推著車，把書擺回架子上，她抬起眼。我們的圖書館非常小，只有一個大房間，裡面的書架和書擁擠到幾乎令人產生幽閉恐懼，但裡頭擠中有序，甚至還有一座整個冬天都生著火的磚造壁爐。「哈囉，雅蒂。」她說。

「嗨，亞倫女士。」我衝著她一笑，「我能用電腦嗎？」

「當然可以。」亞倫女士說，「妳知道密碼吧？」

我連想都不用想，「Mountain，從來沒變，對吧？」

「是的。」亞倫女士說。

「老實說，」我表示道，「也許您能幫得上忙，我在楓樹湖有個暑期計畫，得做點研究。戴爾先生要我們查找楓樹湖的歷史資料。」

亞倫女士眼睛一亮，「我知道我們有一兩本與楓樹湖相關的書，我看看能找到什麼。」

這時一股風咻的將閱覽室的門打開了，一定是有人進來了。

我聽到重重的腳步聲，接著便看見阿泰，他一手扒著鋼直的頭髮，另一手搭著頂在腰間的足球。阿泰看到我了，「嘿！雅蒂！」他喊道。

亞倫女士笑了笑，從書堆中站起來。「哈囉，我以前好像沒見過你，我是亞倫女士。」

「不好意思，」阿泰輕聲說著，對她笑了笑，「剛才好像有點吵。我是阿泰。」

亞倫女士哈哈笑說：「這裡只有我們幾個人，阿泰，那些書是不會在意的。」

即便如此，阿泰還是躡手躡腳的走到電腦邊，輕輕把足球放到地上，然後伸出手，與我擊掌。「如何？雅蒂。」他問，聲音依舊放得很輕，「老媽載我到這邊，叫我四處探索一下，我覺得在外頭的人行道上運球是不錯的運動。」

「我正打算進一步研究楓樹湖的歷史。」我說。

亞倫女士拿了一本書過來，書本看起來像是從一九九〇年後就沒人借閱過了。她把書交給我之前，甚至還擦掉書封上的薄灰。

我大聲讀出書名──《濱地郡冰河史》，我想老媽一定讀過這本書；她的冰河知識必然是從某個地方學來的。我把書翻到一張白鯨的圖片上，然後往後伸出手，小心的從口袋裡拿出鯨齒，握在手心裡。

阿泰探身來看，「好酷的圖片！我真不敢相信以前這裡有白鯨，這會引人猜想那座湖裡還會有別的東西，對吧？」

我鬆開掌心裡的鯨齒，想到阿泰衝進圖書館的樣子，就像以前埃莫斯穿著泥色靴子時一樣，我知道自己想跟他說。

我攤開手，把鯨齒拿到阿泰面前。

他瞪大眼睛，「這是恐龍的牙齒嗎？」

「類似吧。」我說，「其實看起來很像是白鯨的牙齒，問題是，這根牙齒很大，非常大，幾乎有整整七點六公分長，也許——比我見過的任何鯨齒都大。」

「所以妳的意思是？」阿泰問。

接著我把從未跟任何人提起的話告訴他了，我連莉莎都沒說。也許是因為天池的關係，或因為阿泰是外人，告訴他很安全；他沒有過往，不會干預我嘗試不同的事物。我把一切全盤托出——埃莫斯對湖怪的理論、找到的線索、留下的筆記本……

「我們小時候，常常談到楓樹湖有隻水怪。」我說，「我的意思是，不難理解為何會那樣，假若你小時候就常待在湖上，一定也會編出類似那樣的故事。等我長大之後，我慢慢的愈來愈喜歡科學，並試著理解自然萬物為何是某種樣態，而埃莫斯則只想著自然裡可能有些什麼。」

「嗯，」阿泰說，「這點我也許比較認可埃莫斯，能幻想可能存在的東西，感覺很美妙。」

「我只是喜歡釐清我能確知的事物罷了。」我說。

「妳對這根牙齒還知道什麼？」阿泰問，「妳說是巴士司機送妳的，是嗎？她在哪兒找到的？」

「我……我不曉得。」我大概永遠不會問。

「我們去查明白。」阿泰說。

「我不知道她的電話號碼，」我說，「我媽媽知道，我媽跟她認識很久了，但我真的不想問我媽。」爸媽一定會起疑。

我回頭看著亞倫女士的桌子，發現角落有本電話簿。

簿本不是太重，濱地郡的人並不多。我知道芭芭拉・安的姓氏，因為常聽媽媽提起，我將簿本翻到L字母，不久便找到她的名條：賴蒂，B.A.

我將她的號碼輸入自己的手機，然後屏息聽著鈴響。

「呃……嗨，是芭芭拉・安嗎？」對方回答前，我說。芭芭拉・安的聲音清楚而緩慢的滑了進來，「我是雅蒂，雅蒂・洛格，我只是想謝謝妳送我鯨齒，那真的很……很酷。」

我若說自己聽見她的微笑，會不會很怪？她的尾音微微上揚，「很高興妳喜歡，雅蒂。」

「不過我有個問題，」我說，「不知道……呃……妳是在哪兒找到這根牙的？」拜託別告訴我妳只是在藍水博物館用一塊錢買的，我默默祈求。我真的很希望它是真實的神祕物件，值得寫在埃莫斯的筆記本裡。

鯨齒仰視著我們，它長得超級巨大，比在楓樹湖裡穿游的河鱸還大。

芭芭拉・安一開始什麼都沒說，有一會兒，我還以為她掛電話了。「我在沙灘上找到的。」她終於表示，「我落日前去散步，牙齒就插在沙子上。」

「妳怎麼想到要撿它？」我們的沙裡都是石頭，全是蝕落的山石，一根半掩的鯨齒很難被看見。

「那根牙齒在發光呢。」芭芭拉・安輕聲說，「亮到匪夷所思，別人大概會說，那是因為被陽光照到的關係，可是——」

她語音漸落，然後再度發話，「可是我不認為是陽光照的，」她把話說完，「我覺得根本不是那樣。」

我有點想說點什麼，但更想掛上電話，好好思忖。「謝謝，芭芭拉・安。」我說。等她說完祝我暑假愉快，好好照顧那根牙齒後，我按下紅色停話鍵，然後望著並放在一起的手機和鯨齒。

「所以咧？」阿泰問，「她剛才說什麼？」

我把鯨齒發亮的事跟他說了，然後盯著他的眼睛，阿泰瞪大眼，眼中放出光芒，我之前從未見他那樣。阿泰往後靠，咬著唇，很認真的思索起來。

「我一直跟埃莫斯說，如果他真的想說服我，相信湖裡真的住了水怪，他就得提供證據。」我說，「於是他便開始去採證了，他寫了一份線索清單，我覺得這根牙齒就是他想尋找的那種線索。」

阿泰在座位上，身體往前傾，用手肘頂住一邊抖動的膝蓋。他死盯著我，害我只能別開眼神。「所以妳老哥想用科學，證明真的有那隻水怪？」他問。

「基本上是這樣。」我說，「但以前我不相信他。」

「那妳現在信了？」阿泰問。

「感覺上似乎不可能。」我說，「但他記錄下所有一切的筆記本，確實在我手上。」

「妳不覺得嗎？」阿泰瞅著我，急切的瞪大眼說：「這就跟天池一樣。」

「我知道，同樣的道理，但那不表示兩邊都真的有水怪。」阿泰看起來頗失望，我連忙解釋自己想做什麼。「埃莫斯看到了藻華，並寫在其中一道線索裡，這讓我想知道他的記錄中有哪些是我們可以解釋的。」

「他看過藻華？」阿泰皺起額頭，「他是怎麼說的？」

「其實他沒說什麼，我覺得他並不曉得自己看到什麼。」他確實提到途中經過綠色區塊，注意到藻華一事，令我好奇其他的線索會是什麼。「我在想——或者說，我想知道，如果我們採用你的科學方法——說不定埃莫斯所說的事，就是你母親想釐清的一部分問題。」

阿泰緩緩點頭，「這我可以接受。」

我的手機在震動，這回是老爸發來的簡訊。我身子一僵。

妳還在圖書館嗎？

我用拇指匆匆打完字。

是，請媽別擔心，我會晚點回家。

「所以，」我說，「我是來找資料的，也許我該開始查了。」而且我不僅是對楓樹湖的歷史感到好奇，也想知道現在可能發生什麼情況。我在搜尋欄裡輸入湖泊汙染的字樣，螢幕上出現一些字，分水嶺、逕流、沉渣。

「呃，」阿泰說，「戴爾先生上班時會給我們時間研究那些資料，現在我比較想知道妳哥哥有哪些線索，妳有帶他的筆記本嗎？」

「我一直帶在身上。」說著我把手探到口袋裡，其實我很高興，阿泰似乎挺在乎埃莫斯的線索，我知道埃莫斯也會感到欣慰。可是當我碰到筆記本的邊緣時，頓了一下，我不太想把本子抽出來。埃莫斯把本子給我，是想要我看。

可是接著我又感受到雙臂被緊擁住了，彷彿有人用手臂將我環抱；不是阿泰，他正坐在我前方的椅子上，等我說點什麼。

拿出來吧！是我說出來了嗎？還是我聽到這句話了？或想著這句話？

給他看看！我的手臂一鬆，那股力量不見了，而原本力量所在之處，只剩下溫暖的覺。

以前我從不敢那樣想，不敢那樣明目張膽的想，但這些事，實在無法解釋——超大的牙齒、筆記裡的奇怪線索，種種證據都告訴我，即使我無法做科學解釋，但那股緊擁住我、有時害我差點叫出聲的感覺，就是埃莫斯在對我說，他在這裡，一切都會沒事。

事實上，我到處都能感覺得到埃莫斯，不僅在這間我們小時候常來借書，而且四周的書都是蒙著灰的圖書館裡，就算在風吹髮亂，腳下波濤湧動的楓樹湖時，亦是如此。

假若埃莫斯——他並不在這裡，也無法在這裡——就在我四周，那麼還有別的什麼是我無法看見，卻真實存在的呢？我得查清楚埃莫斯的線索究竟有多麼真實，這是我欠他的，如果我去查證，便能夠幫助到他，那是在他生前我一直沒有做到的。

我拿著筆記遞給阿泰，就像他看著鯨齒那樣。阿泰溫柔的看著我，什麼都沒說。

「拿去吧，」我告訴他，「這是我哥哥的。」溫暖的感覺依然存在，包圍著我，「我來當少年科學家，是為了研究楓樹湖的汙染問題，但我也得研究我哥哥留下的線索。」

阿泰立即抬頭張大眼睛看我，但我點點頭，於是他從我手中拿起筆記，兩人一起共讀。

12 三個人的歡樂時光

我穿上睡衣，坐在床上，翻看埃莫斯的筆記。上週在圖書館裡，阿泰告訴我，根據芭芭拉・安對鯨齒的描述，我應該加寫第五道線索，所以我添上去了：神祕的閃光。就在我拿出鯨齒再次觀看，一百萬次的祈求能瞥見它的閃光時，門鈴響了。

接著我聽到老爸在樓下走廊喊道：「莉莎！」他說，「快進來，妳也是，瑪莉，妳們要去哪裡？」

噢，糟糕，我心想。我昨天應該去幫忙照顧小皮蛋的，結果忘記了，又跑去圖書館看藻華的資料了。

不過，我的胃為何會這樣糾結？我應該很想見莉莎才對呀。

我聽到媽媽要瑪莉嬸嬸進來坐，喝點茶，果然，老媽接著喊我的名字了，「雅蒂！」

我到走廊時，看不太懂莉莎臉上的表情。

「嘿。」我說，看到莉莎，感覺很正常，但也很奇怪，雖然只相隔了幾天。這讓我想到我在四年級時，不小心摔斷手臂，在打石膏的幾個星期裡，我都快忘了手臂長什麼樣子了。當醫生終於拆掉石膏時，我低頭看著自己的臂膀，覺得連怎麼移動都不會了。

「去我房間吧。」我伸出手，莉莎遲疑了一下，然後任我拉著她走過走廊。

她沒有太多時間為濱地藝術展做準備，我真該之前就邀她過來，我真的有那個打算，但又覺得自己僅剩一點力氣去鑽研楓樹湖和筆記本上的事。

莉莎領在我前頭走進房間，等我關好門、扭過頭時，她淚眼汪汪的望著我。

「我已經好久……」她說，「沒到這個房間了。」她抹著眼睛，抬頭看著天花板。

我立刻明白她的意思，她很久沒來了……自從埃莫斯出事後。莉莎走到床邊，抬起手，放在床的上鋪欄杆上。

我環視房間，看著愈發顯得空蕩的屋子。書桌上沒有紙張、漫畫或堆放的鉛筆，床上沒有毯子或枕頭。爸媽把所有東西全部裝箱，放到仍掛著埃莫斯衣服的衣櫥裡，然後把衣櫥門關起來了。

莉莎知道這個房間原本的模樣，感覺她好像知道太多了，彷彿她看著我，便無法不看到埃莫斯。

「妳昨天跑哪兒去了？」她問。她很快眨著眼，擦拭眼睛。

「呃，」我說，「去圖書館了。」可是我感覺自己的胃在打結，我沒跟莉莎全部吐實，她太瞭解我了，她也知道。

莉莎抿著脣，然後喟嘆一聲。「小皮蛋很想妳。」她說。

我望著牆壁，以免與她四目相接。「我不是才去過嗎？」我說，「我的意思是，我前不久才去的。」

「對小牛來說，每天都很重要。」她說，「我帶著牠在穀倉裡繞行，狀況不算太糟，牠基本上已適應頭套了，但牠也需要適應妳。」

我突然覺得嘴巴超級乾，「我明天一定過去。」

莉莎用手撫著床的欄杆，然後抬頭看著天花板。她笑了笑，但笑容十分悲傷。「記得以前妳和埃莫斯幫我做過香腸三明治嗎？」

「當然記得。」我說。

「本來是做給迪迪和姍米的，」她說，「而且我們還搞了一條生產線。」

「妳負責麵包，我塗美乃滋，埃莫斯放香腸片。」我看見我們三人站在廚房裡，就像透過一扇窗，看著不同版本的自己，那個笑得快抽筋時，仍能抓住埃莫斯的肩膀支撐自己的我。

「當時是誰出的點子，要每個步驟都配一個動作？」莉莎問。

但她明明知道，我們都知道，是埃莫斯。

莉莎大笑一聲，「我的動作是什麼來著？搖屁股嗎？然後我得跟妳擊掌。」

「接著我得墊趾尖旋轉，再跟埃莫斯擊掌。」我說，「然後是——」

我們兩個同時發出豬鼻聲——我們大笑時經常發出這種聲音。

「霹靂舞！」兩人雙雙大喊，因為同時喊出，害我們笑得更凶了。我們大概永遠也忘不了埃莫斯在地板上旋轉、倒立，然後再翻回來，把香腸片摔到麵包上的模樣。然後，莉莎又在抹眼淚了，這回我不確定那是大笑的眼淚或是悲傷的淚水。

「結果我們做太多三明治了，」我說，「因為生產線太好玩，最後我們不知不覺竟然做了十份是吧？」

莉莎點頭吸著鼻涕。

那是我們的歡樂時光，超量的香腸三明治……有很多的歡笑聲……教小凱蒂拍手……教班班握手……此時兩人間的沉默變得有些奇怪，我不想把暑假所做的任何事對莉莎透露，但我為何不介意告訴阿泰？

我想拉莉莎的手，但又不想那麼做。「要我再看看妳的作品集嗎？」

「我沒帶。」她說，「我媽和我只是開車經過，我問能不能順便過來。妳明天真的非來不可，我知道如何解決妳之前說的問題了。」

「哦，是嗎？」我說，可是就連我都能感受到自己心不在焉。我想幫莉莎忙，卻不斷想著其他事情。

「我也得幫妳多訓練小皮蛋。」她說，「我希望由妳在展圈裡展示牠，可是妳還什麼都不會，例如，評審要看的是什麼之類的。」

罪惡感像千萬根細針刺向我全身，「我知道，」我說，「我會去的。」

莉莎走後，我關上門，又開始思索楓樹湖和埃莫斯的筆記。埃莫斯絕不會希望我把他的線索跟我的老師和其他科學家說，除非我們能夠證實那些線索代表的含意。但我已經想出可以獨自去湖上，不用跟李博士或戴爾先生一起去的辦法了，這樣阿泰和我便能自行調查。

我掏出筆記，寫下李博士告訴我的一切，加上對藻華及出現地點的描述。我像科學家一樣，詳確的寫下日期與時間。

把汙染的資料寫在水怪資料旁邊，感覺蠻詭異的，但我開始覺得，埃莫斯超現實的想像中，科學成分或許超出我的預期。

13 翻湧的湖水

在生物站裡，戴爾先生要我們報告最新研究。阿泰和我寫出各種可能性：伐木、除草劑、車流，以及媽媽所提到的工程施工。

「楓樹湖的分水嶺有很多活動，」我說，希望戴爾先生聽到我的用詞會感到驚喜。

「說得好。」戴爾先生表示，「分水嶺的距離可能很長，所以有很多可能影響楓樹湖的原因。兩位做得很好，聽起來，你們對於汙染的原因做了一些假設。」

「太好了。」阿泰握著拳說，「接下來要做什麼？」

「我去請你母親過來，」戴爾先生說，「她有一些想法。」

說完，戴爾先生便離開了，我靠向阿泰，「我媽媽也有一些想法，」我說，「工程施工的事，就是她提起的。」

「太酷了，」阿泰說，「妳媽媽好像很聰明。」

「是啊。」我說，感覺心底有個東西小小膨脹了一下。「她是她們學校最優秀的學生。」我沒說出是高中，媽媽雖然沒讀大學，但她還是懂很多。

「我們得趕快做二次調查了。」阿泰悄聲說，雖然四周根本沒有人聽得見。

「我知道。」我說，「我帶了筆記本，我們應該設法讓他們派我們自己去湖上。」

「我就是那麼想的。」阿泰說著掏出手機，「嗯，我在圖書館遇見妳後，又做了一些關於白鯨的研究。牠們看起來超酷的，妳知道白鯨出生時，其實是深灰色的嗎？而且牠們比任何鯨類更愛說話，我猜牠們有整套語言系統。」

雖然我知道白鯨長什麼樣子，卻還是靠過去看他的手機。白鯨頭型呈錐形，突著鈍鈍的鼻子，臉部看起來頗像在微笑的人類。

「就一個對科學不感興趣的人來說，」我表示，「研究得挺不錯嘛。」我稍稍逗他說。

「唉呀，」阿泰說，「其實還滿有意思的，埃莫斯覺得那隻水怪看起來像這個嗎？」

「也許吧。」我按捺住聽到埃莫斯名字時的難過，「但我不認為他覺得那是隻普通白鯨，埃莫斯認為水怪最初可能像白鯨，但自冰河期後，隨著時間遷移而有了變化。」

「像演化嗎？」阿泰問。

「類似吧，也許有某種魔法使牠不同於一般的鯨魚。」我說，「你知道嗎，其實很好笑，這些鯨魚跟一角鯨是有關聯的，一角鯨又稱獨角鯨，因為牠們長著長角，也像獨角獸一樣，是很魔幻的動物。」我沒辦法又要加油添醋，又要背離事實。

戴爾先生帶著李博士回來了，阿泰把椅子挪到桌子另一邊，然後稍稍坐直。

「我很滿意你們初始的研究結果。」李博士說，「你們跟杰克和塔莎的研究資料有些交集，我們依據你們跟戴爾先生採來的水質樣本，跟我們手邊的樣本一起做了初步的數據檢測，楓樹湖的磷含量顯然有問題。」

磷，我在自己的研究中看過這個字，似乎有很多不同情況都會造成流入水中的磷含量過高，而藻華絕對是個主要指標。不知道我們要如何找出解決辦法。

「我希望你們到不同湖區收集一些水質樣品，」李博士說，「以確認我們的疑點。」

戴爾先生把玩著船鑰匙，「你們準備好，我就準備好了。」他說。然後看向生物站，嘆口氣，「不過我在那裡也有很多事要做，李博士，妳能等我們回來後，再跟佛蒙特大學的羅索博士討論嗎？」

李博士皺皺眉，「你說得對，時間有點趕。」她說，「也許我們應該把採樣工作往後挪，雖然我真的很想讓孩子們今早再多採一些樣本。」

我清清喉嚨，「呃，我可以開船。」我說，「如果這樣能幫上忙的話。」我盡量不露出我需要自己開船的表情，我到湖上調查埃莫斯線索的計畫就靠這個了。

李博士歪著頭，「開船？」她問，「雅蒂，那樣好像有點——」她頓了一下，看得出她在尋找適合的詞——「冒險？」

「呃，是這樣的……我從十歲起就一直在開我們家的船了。」我說，「我爸爸教我的，而且我還上過遊艇安全訓練，去年拿到執照了。」

阿泰微笑著在桌底下伸出手，又跟我擊掌。

李博士皺著眉，戴爾先生插話說：「她確實會駕船，」老師解釋說，「不過雅蒂，我們得先跟妳父母商量。」

「其實我已經跟他們談過了，」我說，這番謊話撒得比我想像中的容易，害我有點頭暈，但願戴爾先生看不出來。我把自己在圖書館裡寫好的信拿給他：

親愛的戴爾先生：

雅蒂跟我們表示，她在研究期間很想駕船，我們對這點十分放心，且認為這是讓雅蒂維持駕船技巧的良策，因為我們已經有一陣子沒到湖上了。若有任何問題，請打以下電話與我們聯繫。

蘿拉與布魯斯・洛格　敬上

要把簽名寫得像成人字體，而非像中學生的字那般工整，其實並不容易，我僅把簽名寫得比平時潦草一些而已。另外，附上電話號碼風險挺大的，不過我覺得我若附上了，戴爾先生更有可能相信這封信的真實性，而不會真的打電話給我爸媽。反正老爸上班時，幾乎都不接手機。

李博士轉向戴爾先生，「你覺得如何？」她問，「你確定這樣安全嗎？」

戴爾先生慎重的看我一眼，「雅蒂跟家人去湖上釣魚時，我見過她開船。」他說。老師沒有提前幾天，我們第一次去採水樣時，他也讓我開船的事。「我知道她從小就學開船了。」

李博士點點頭，「雖然這不符合規定，」她說，「但我想應該可以吧。」

「當然了，你們一定得穿救生衣。」戴爾先生對阿泰和我說，語氣突然變得嚴肅，「還有隨時都得待在船上，清楚了嗎？」

我們狂點頭，反正爸媽也總是要我們穿救生衣，至於留在船上，呃——那應該不難吧。

「戴爾先生會拿更多採樣瓶給你們。」李博士說，「還有雅蒂，我有一張楓樹湖的地圖，上面約有十個採集點。」她交給我一張紙，「每個點都標了數字，這些跟寫在納文電子海圖裡的地點是相應的，我們會派你們去離湖岸最近的地點採集，這樣才不用跑太遠。」

可以嗎？」

我研究地圖，以及我們要採樣的標號地點。李博士拿出一枝螢光筆，在離生物站最近的幾個號碼上做記。

「好的，」我說，「打從我會走路起，就看著我爸開船去他的釣點釣魚了，」我又看了一眼地圖，「我想妳還真的找到其中一些釣點了。」

「但願這些釣點還適合釣魚。」李博士說，「妳知道任何類型的汙染，都會對水生生物造成負面影響吧。」

「妳是指，魚可能會死掉嗎？」我想像著埃莫斯拋出釣線，對著閃亮亮的湖水瞇起眼睛的模樣。

「牠們可能已經陸續死亡了。杰克和塔莎正在跟佛蒙特自然資源局合作，計算魚群的數量。」李博士用手指數著準備的物品：「採樣瓶、標籤、麥克筆、數據表、鉛筆、救生衣、裝在防水盒的手機、保冷箱、GPS……還有別的嗎？」

「沒了，好像可以了。」戴爾先生說，「走吧，科學家們，我們去船上。」

楓樹湖橫陳於前，陽光照著湛藍的水色，閃出銀光。每個閃光都刺痛了我，但楓樹湖的美卻又如此熟悉，我好想走向湖水，涉過其中，擺脫恐懼，就像芭芭拉・安所說的那樣。

戴爾先生幫忙備置妥善後，揮手與我們道別。我把油門往前一推，從水裡抬起馬達，讓船行駛得更平穩。

蒼鬱美麗的山巒向我靠過來，這樣的楓樹湖我見過不下百萬遍了，但此時帶著埃莫斯的筆記，竟感覺十分新鮮。這跟我認知中的湖不同了，或者說，這與我之前見到的楓樹湖不同，它有了更深的存在意義。遠處一隻蒼鷺自湖面騰起，竄入天際，翅膀上銀珠滴淌。就算我看過蒼鷺自湖面飛翔不下上百遍，此刻仍然忍不住屏息。

若說世間有魔法，那麼一定就是在楓樹湖了。

我很清楚我們要先去哪裡，而且不需要導航就知道怎麼走。李博士標示在地圖上的最近點，離大熊岩並不遠。那巨大渾圓，從水中冒出來的岩頂，看起來就像熊背，人們總是相互挑戰敢不敢從岩石上跳下來。我覺得其實並沒有那麼可怕——只要你會游泳就沒事了，但我從來沒勇氣嘗試。埃莫斯跳過，我記得他躍入水中的那一刻，我的心跳到都快爆炸了。但他笑嘻嘻的浮上來，我回憶著，發現自己也在笑。

我關掉馬達，風並不大，所以我不擔心船會亂飄。

「採樣瓶呢？」我問。阿泰抽出一個，還有油性麥克筆。我在白色標籤上寫下日期、時間和地點，再添上李博士標示的地點號碼。我清洗採樣瓶，然後把瓶子按到水下，等滿了再加上蓋子交給阿泰，由阿泰放入保冷箱。

沒有風，意味著連樹葉都安靜無聲。湖水輕輕拍擊船身，我閉上眼睛深深吸氣，我不僅聞到氣味——而且不用摸，也能感受得到事物，鮮爽的雪松枝條、剝落的樹皮、溫暖而混著沙子的泥土、乾淨硬實的石子、淡淡的魚腥味，我一直深愛這座湖。

但我也在發抖。楓樹湖從來不單是從湖面所見而已，它的祕密深藏在底下，是未知而黑暗的東西。我原以為自己什麼都知道了，或至少給我充裕的時間，我便能明白一切，可是現在，我不確定有誰能完全瞭解它。

「在湖上好棒，」阿泰說，「非常安靜，但很棒。」

「我哥只有在湖上才會安靜下來。」我說，「換做別的時候，他老是得弄點聲響出來，到處亂敲，可是開著我們的船來到湖上後，他只會安安靜靜的坐著觀察。」

我的喉頭一哽，好希望埃莫斯在這裡，我難過到肋骨發疼。

接著船身往上一蕩，我抓住駕駛盤，這才發現如此風平浪靜的日子，船底下的水竟然湧動起來。

「喂，你剛才感覺到了嗎？」我問，接著船又往上頂了。

「我感覺到了！」阿泰大喊。

此時湖水在船底下不斷翻湧，就像某個東西要從深處湧上來讓我們看似的。一道浪擊在船側，溢過船緣，打溼了我的膝蓋。

船身朝大熊岩挺進，被水浪頂得愈來愈高，愈推愈高——

我七手八腳的拿著鑰匙，握住駕駛盤，極力想扭開馬達，試圖把船轉向湖中心，以免撞上大熊岩——或更慘的是，撞到斜角山的尖壁。阿泰從船底爬起來，伸手去抓船側。四周的水聲與鳥鳴逐漸消失，被嗞嗞的靜電聲所取代了。一聲尖叫卡在我的喉嚨。

說時遲那時快，一切突然來去如風的停止了，水面又恢復了平靜。

阿泰面如死灰，緊抓船側的雙臂肌肉暴突。

我渾身哆嗦，手裡仍抓著鑰匙。最後我終於鬆開鑰匙，用手摀住自己的臉。

「剛才是什麼東西？」阿泰問。

「我——我也不知道。」我站在阿泰對面，保持船身平衡，並盯著閃著光的深幽湖水。深呼吸，等空氣注滿我的肺後，我不再顫抖了。「其實——我有個想法。」

我翻找埃莫斯的筆記，我把筆記收在塑膠袋裡了，以免打溼。「埃莫斯寫過這樣的件事。」我說，一邊掠過塗鴉和素描的部分，翻到第二道線索，親自再讀一遍。埃莫斯的描述方法，正是我會用的。我快速的檢視自己手錶上的時間，然後在紙張背面寫下日期和時間。水中出現明顯的擾動，我寫道，無法解釋的海洋型波浪。

「海浪。」阿泰邊回想，邊摸著紙上的文字，那是埃莫斯的筆跡。「妳說得對，剛才那會兒感覺就像海浪嗎？」

「真的很像，反正很大。」我以前只出過一次海，是幾年前我們全家去緬因州露營的時候，我都還記得洶湧澎湃的海浪如何在我們腳底下翻動。在大熊岩旁邊，我接著寫道，差點把船擊碎，但又及時止住了。

我抬眼看著垂在頭頂上的雪松枝條，它們連動都沒動。沒有風，我寫著，然後我把筆記本遞向阿泰，他讀過我的筆記後點點頭，「肯定是有蹊蹺的，」他說，「妳哥哥知道自己在做什麼。」

我不知該做何感想。

「我們去下一個地點吧。」我說，手已經不抖了，但頭還在發暈，我真的很想繼續前行。

阿泰研究地點，「二、三、四號地點的距離真的很近。」他說。

我打開馬達，阿泰負責找納文電子海圖應用程式上的相應地點，「知道要去哪兒了嗎？」他問。

「知道了。」我將船調頭，用力推著油門，然後挺立在駕駛盤邊，試圖淨空思緒。我好愛船速飛快時，空氣撲在臉上的感覺，那風強到足以吹倒一道牆，抹去它吹過的一切。

我們很快採完接下來的三瓶水樣本——我負責標示採樣瓶，等我清洗完、裝滿水後，阿泰將瓶子裝回塑膠袋裡，然後收入保冷箱中。

他重重的吸了口氣，「妳哥哥會怕那隻水怪嗎？」

這是個好問題，我發現自己並不知道答案。「感覺好像不怕，」我說，「他跟我提到水怪時，似乎從不害怕。」

「天啊，」阿泰搖著頭，「他一定很勇敢。」

「他是的。」我說，「但你要知道，如果剛才的事，就是埃莫斯筆記裡寫的情況，感覺似乎很像──那個東西並沒有要傷害我們。」

「不過波浪超強的。」阿泰說。

「是啊，但浪停了。」我說，「而且我們還好端端的在船上。」

「也對。」阿泰說。湖面現在很和緩，幾乎不太動，我可以感覺我們兩人都因此放鬆下來。「不過仔細想想，還挺酷的。也許水怪知道我們在這裡，故意要跟我們打個招呼。」

「你這個假設很有趣。」我說，阿泰比我更相信有水怪，「可是只因為湖水有波動，並不能表示是水怪造成的，我們還是沒有看見任何東西。」不過我在發抖，這點我得承認，我根本不知道是什麼引發了巨浪。

「但我們都感受到了！」阿泰打斷我說，嗓門比之前還大。「我可以問問我媽，如果有任何科學解釋，她一定會知道。」

我搖搖頭，「我知道科學方法有一部分是分享，」我說，「但我覺得這件事感覺不一樣，我們應該繼續用筆記去追蹤，也只能先這樣。我還——在試圖弄清究竟發生什麼事。」

阿泰點點頭，「好吧，就當是我們的神祕事件。」接著他望著船側外的水面，把下巴擱到交疊的手臂上。「嘿，」他說，「我們不是應該能看見四周的游魚嗎？」

我哈哈笑說：「通常不容易看見，魚都待在深處。」

「如果能抓到一隻該多好。」阿泰滿臉期待，看了教人心疼。

「反正你要參加楓樹湖競釣之前，得需摸熟幾個訣竅，如果你想得名的話。」我衝他一笑，讓他知道我在開玩笑。

但他似乎已經明白了，「當然。」阿泰哈哈笑說，「對了，我會去參加那個什麼競釣，純粹是因為妳跟我會在同一條船上，所以妳要如何把十二年的釣魚經驗，幫我濃縮成幾個要訣，都隨妳便。」

「好吧。」我說，「不妨現在就開始。」船上有根舊釣竿和捲線器，鉤子上還掛了一個假餌，八成是戴爾先生的備用釣具，雖非最佳選擇，但拿來練習倒還堪用。

我把釣具交給阿泰，示範如何握竿。「現在直接把假餌垂到水底。」

「我怎麼知道已經垂到湖底了？」他問。

「釣線會變鬆，」我解釋說，「你會看到線開始往上旋。好了，等假餌垂到湖底後，把線往上捲一點，讓線拉緊，然後開始像這樣抽動釣線。」我示範輕輕上下拉動釣竿，然後停止，等待，再次拉動，「這樣做，可以把假餌跟著拉高些，然後再把它放下去。」

阿泰照著做，他的手腕擺得很放鬆，動作不致過重或太輕。「我為什麼要這麼做？」他問。

「河鱸是底棲性的魚，」我說，「喜歡泥土，也從泥中覓食蟲子。你去敲湖底時會攪動淤泥，讓牠們以為發生好玩的事了。」

我把船開離湖心，離岸邊近些，到松河注入楓樹湖的地方。

「所以啦，魚喜歡水會流動的地方，」我說，「或是水流會不斷變動、感覺不同的地方，例如，落差極大之處，或像這裡，細流會注入較大的水潭之處。」

我關掉馬達，「這是我們最愛的釣點之一。」我說，「是爸爸最早帶我們來的釣點之一。」

阿泰從船邊看出去，彷彿能見到聚集在底下的魚群。「不過還是沒那麼容易釣喲。」我說。

阿泰的眼神一黯，「不是那個問題，」他說，「我滿確定自己看到我媽媽說的那種藻華了。」

我的心一沉，像沉重的船錨。「你確定嗎？」

「妳看。」阿泰說，我極不情願的把身子探出去。河口附近飄著一片藍綠色稠糊，之前我從沒注意這裡有這種東西，不知現在還是不是個好釣點。我把船上緊急備用槳的握把伸到綠糊中央，試著將它推走，看能否給湖水帶來水氧，長出讓魚兒有地方躲藏的水草。可是我只能旋攪著藻華，像在攪動塗料。

「唉，」我還是看得到各種植物，但稠濃的藻華厚敷在水面上，我抽開船槳。

阿泰已經拿著手機在拍照了，「我要拿給我媽看。」

「我們應該也在地圖上標記。」我說，「那些湖對面的度假別墅，也許不算是巧合吧？」我望著那些閃亮亮的建築物，別墅離水面如此之近，彷彿就要掉進去似了。

「那些是什麼時候蓋的？」阿泰問。

「去年。」我說，「仔細想想，沃爾瑪就在松河上游，我媽媽也許真的發現什麼了。」

「好像是吧。」阿泰說，「但那也只有兩棟建物而已，妳認為它們真的能那麼快的破壞整座湖嗎？」

「說不定是之前在這裡伐木引發的，」我說，「然後工程建設使狀況一發不可收拾。」楓樹湖周圍已經幾十年沒有人砍伐了，自從變成州立森林後，就沒有人那麼做了，可是在別的造成破壞的逕流區裡，可能還有人在伐木。我微微發顫，意識到不過幾個星期前，我根本不認為楓樹湖有任何問題，現在我知道問題了，我真的好想幫忙解決。

我想埃莫斯若在，也會想幫忙，但我懷疑他會考慮李博士的證據嗎？埃莫斯會相信嗎？或是他只在楓樹湖中看他想看的東西？

我指著湖後方的區域，「我堂姐莉莎家就在那上頭，」我說，「看到她家的穀倉了嗎？在山丘頂上。」

「是紅色的那一棟嗎？」阿泰伸長脖子問。

「對。她爸爸——也就是我爸爸的弟弟，馬克叔叔是酪農。」我推著駕駛盤，讓船身繞弧，「你知道牛奶是打哪兒來的，對吧？」

阿泰翻翻白眼，「我們都市小孩並沒有那麼呆好嗎？」他說，「我甚至在戶外教學時，去過一次農場。」

我哈哈笑說，「好啦好啦，不過我敢打賭，你一定沒有擠過牛奶。」

阿泰雙手一抬，「我輸了。」

「你應該找個時間過來，」我說，「我們家族通常會在七月四日國慶日聚餐。」

「那很讚耶。」阿泰說，「妳能幫忙錄我擠牛奶的過程嗎？」

「馬克叔叔是用機器取奶的，」我說，「你只要把機器裝到母牛的乳房下，機器就會自動擠奶了。不過你若真的想學，叔叔一定也會教你如何用手擠。」

「好，就這麼說定，」他說，「說好啦。」

「你也可以去看我幫我堂姐養的那頭小牛。」我說。

「妳和妳堂姐在養小牛？」阿泰問，「此話怎講？」

阿泰實在很好相處，有時我會忘記我們的生活有許多不同的地方。「是為了四健會。」我解釋說，「每年夏天市集會有一個酪農展，所以我們會養一頭小牛，幫牠刷身體，訓練牠如何套上頭套，讓人牽著，用特定姿勢站妥，給評審評分。」

阿泰皺起額頭，「聽起來很有趣。」他說，但語氣像在提問。

「等你到農場就明白了。」我說。「你一定會喜歡那頭小牛，牠超漂亮的，而且……有點煩人，不過算挺可愛的！」

「煩人但可愛，」阿泰重述說，「妳真會推銷。反正記得告訴我一聲，何時該做好準備。」

「楓樹湖競釣後就是七月四日了，」我說，「當然，你現在已經為競釣做好萬全的準備了。」

「我的意思是……如果妳所謂的準備好，是指準備看妳釣魚的話？」阿泰問，然後用力上下點著頭，「那麼，是的，我準備好了。」

剩下時間我們都耗在湖上，湖水平靜滑順得有如玻璃，爸爸發簡訊給我：**媽媽問妳還好嗎？**

我只回了**一切都好**。

沒有必要告訴老爸，我和阿泰差點被怪浪推去撞大熊岩，也不必跟他提我開船的事。我若說了，爸爸也許會告訴媽媽，媽媽必然會立即將我從這裡抓走，然後害戴爾先生頭痛不已，到時我就無法出來到這裡呼吸楓樹湖的氣味了。楓樹湖以無以名狀的氣味盈滿我整個人。假如變成這樣，我便無法跟阿泰在一起，也無法完成埃莫斯的調查了。

我們終於帶著裝滿採樣瓶的保冷箱，以及一個不能說的祕密回到岸上。一上岸，我再次感到那股溫暖的感覺貼在我手臂上。嗨，埃莫斯，我呢喃著，聲音如此之輕，連阿泰都聽不到。

14 競釣

楓樹湖競釣的早晨，我從昏暗中甦醒，然後穿上牛仔褲和埃莫斯的棉運動衫，抵擋清晨的寒涼。昨晚我衝去莉莎家，擠出一點時間訓練小皮蛋，雖然我的心思都在競釣跟藻華上面。我覺得自己做得還可以，但莉莎看我工作時，不停咬著嘴唇。我也許做得不是太專心，而小牛叫小皮蛋，也不是沒有原因的。

我躡手躡腳的走進爸媽房間，輕輕拍著老爸的肩膀。「該走了。」我悄聲說。爸爸藉著從走廊上滲入的微光，看到我身上的運動衫，他笑了笑。我已經在保冷箱中裝好花生醬三明治、蘋果、胡蘿蔔條和洋芋片了。老爸昨晚就把拖船架扣到貨車後了，我的釣竿、線捲、救生衣、防曬霜、釣餌與釣線，全都放在其中一個車用收納箱裡。

車子駛出車道時，天色依舊漆黑，我們駛往阿泰跟李博士住的小屋，那裡離生物站並不遠。他們家四周都是長青樹，坐落在一片面對湖景的小丘上。阿泰上車時，仍在揉眼睛。

「嗨，洛格先生。」阿泰伸出手，「謝謝您來載我。」

老爸的笑容來得快去得也急，絕不輕易浪費。因此當他對阿泰笑一下時，我便知道阿泰很得他喜歡了。阿泰這個人大剌剌的，卻很可愛。

「你們兩個準備好了嗎？」老爸問，一邊把車開進楓樹湖的船塢。

「當然。」我說，阿泰舉拳與我相擊。現在去我們的釣點還太早——規定在第一道曙光出現之前，不許開釣——但提早抵達這裡，我們便可以讓船入水，確定準備就緒，就能出發。看了看現場，還有幾艘船也已經抵達了。

爸爸下貨車時，緊繃著下巴。我陪著他，小心翼翼的看著他，但爸爸並沒有像初次在生物站看到楓樹湖時那樣，必須用手抹眼睛了。

阿泰正在貨車的另一側繫他的鞋帶，我趁這時候稍稍靠近老爸。「謝謝，」我低聲說，「謝謝你讓我參加競釣賽。」

老爸搭住我的肩。我聽見他跟媽媽說，湖上會有很多船，就算遇上麻煩，一定有人能在數秒鐘內趕來救援。當然了，我沒法好好的解釋說，我在生物站時，自己駕船開了好一會兒。

爸爸幫我檢查馬達和汽油，確定保冷箱穩妥的放在箱座邊，然後遞給我兩瓶水。他檢查我們救生衣上的帶子，雖然我們都已經十二歲了。

「我跟妳媽說，必要的話，我會用強力膠把救生衣黏在妳身上。」他說。

「結果你只是把帶子束得死緊，害我的手臂都快不能動了。」我僵硬的左右轉著腰，誇張效果。

「完美，我要的正是那樣。」老爸擠擠眼，然後拍拍我的肩。「抱歉我沒法幫你們加油，妳知道我得上班，不過我會來這裡接妳。」

「別擔心，老爸。」說實在的，老爸不在一旁看，我反而比較不緊張。

爸爸離開時，我看到他差點撞到楓樹湖競釣籌辦人庫柏先生，他剛好朝我們走過來。

「布魯斯。」庫柏先生說著與老爸握手，然後拍拍老爸的背。「看到你出門真好，真的很好。」

「你也是，傑瑞。」爸爸說。

埃莫斯死後，庫柏先生和太太便開始每週兩回的往我們家送菜，他們把菜放在橘色的保冷箱裡，放到我家門外，第二天再回來收保冷箱，然後再往箱子裡裝菜，如此持續好幾個星期。我想也許有些夜晚，若非有他們家的雞肉綠花椰菜鍋、墨西哥捲餅或洋芋湯，我們大概根本沒東西吃了。

「很高興妳今年能參賽，雅蒂。」庫柏先生說。

「謝謝，庫柏先生。」我說，「而且我帶我的朋友阿泰一起來了。」

「歡迎你們兩位，」他笑著握了握我們的手。

此時淺水處已聚集大批船隻了，年紀小的孩子有父母陪伴，但許多像我這樣的大齡兒童大多自己開船。

隨著太陽逐漸爬上斜角山，庫柏先生拿著擴音器走到船塢上。

「歡迎參加楓樹湖競釣！」他說，聲音有些悶。「跟往年一樣，楓樹湖競釣是場小型釣魚比賽，要在釣到五條魚中，挑出最大最重的一條來參加比賽。誰的魚最大最重，就算贏了。」

我靠向阿泰，「我知道湖裡最棒的河鱸釣點。」我說，「我們贏面很大。」

太陽將楓樹湖染成一片金光，我們戴上太陽眼鏡，庫柏先生發號開賽，眾人打開馬達，水面攪動，大夥一陣混亂的慌忙出發，但這是一座大湖，不久各路人馬便朝著不同方向四下散去了。

我指著阿泰和我發現的藻華方向，因為那裡是老爸的祕密釣點，我還沒打算放棄它。我的眼角餘光瞥見達倫開往相同的方向，不過接著他航向右邊，在船尾畫出一弧白浪。

我在離藻華夠遠的地方下錨，這樣就不必盯著那片爛糊，但又近到可以知道自己在正確的釣點上了。我打開裝活餌的桶子，提醒阿泰如何鉤住銀色的小鰷魚，讓小魚不會亂跑。

「真奇怪，魚竟然會吃魚。」阿泰說，「妳能想出其他會吃同種的動物嗎？」

「想不出來。」我說，「不過嚴格說來，鰷魚跟河鱸並不一樣。」鰷魚很小，而且是銀色的，像滑不溜丟的釘子。河鱸呈淡青色，有深綠的條紋和尖長的魚鰭。

「還是很奇怪啊。」阿泰嘀咕說，但他輕鬆的把鰷魚鈎到自己的釣線上了。

我在這個釣點釣河鱸，從不曾失手，可是阿泰和我枯坐了一個鐘頭，試過用蟲子、不同顏色的假餌，以及稍稍不同的釣點，結果均一無所獲。

「會不會是藻華的關係？」阿泰問。

我望著老遠從上方穿過山區，流經馬克叔叔農場邊田野的松河。

「也許吧，」我說，「可是情況怎麼會這麼糟糕？魚兒怎麼就不見了？」

接著突然間，船隻開始移動了。我感覺船錨在湖底拖移，「怎麼回——」阿泰抓住船邊說。

沒有時間多想了；一切移動得太快，就好像我們是釣線上的小鰷魚，某個在對面岸上的巨人正把我們拉過去。船隻往湖心滑動極快，遠離了松河河口，我幾乎無法呼吸，直到小船無預警的停住，然後一切便都又靜止了。

我轉身看著其他點綴在湖上的船隻，剛才有任何人看見嗎？似乎沒有人起警覺之心，阿泰和我只是面面相覷，重重的喘著氣。

「剛剛，究竟，發生了什麼事？」阿泰的語氣沉重如石。

我只會搖頭，喉嚨乾到不行，等我終於開口，聲音簡直有如鴉叫。「船錨並不會——那樣亂跑。」

「我想也是。」阿泰伸手按住我的手，我才發現自己在發抖。「妳覺得那東西想幹嘛？」他問，「『牠』為什麼要把我們從那個釣點拖走？」

我搖搖頭，「我不知道，沒有親眼看見那個東西，阿泰，我們還是沒有證據。」

至少埃莫斯從來沒在筆記本裡寫下任何像那樣的東西，這道線索是我們自己的。

「管他有沒有證據，」阿泰說，「反正是某個東西，妳不把它寫下來嗎？」

我從後邊口袋掏出埃莫斯的筆記本，然後開始寫道：某個東西把我們從藻華區拖走，甚至還挪動了船錨。我目測與原先釣點的距離，有一百八十公尺嗎？也許吧。

我從船側探出身，俯看湖水，所見有限，底下便是神祕的深水。水面下閃著陽光，波光粼粼，但我持續深望，極盡目力所及之處，然後再往深處窮究。有一瞬間，我想像自己就在湖底，坐在軟沙上，看水裡擺動的植物，在那裡，所有的聲音都沒了，只有安靜的魚兒游過。

接著我站直了身體，望著一片明燦閃爍，彷彿星星掉落湖水之中。

阿泰開始在另一根鈎子上掛餌，「我是不知道妳啦，」他說，「但我準備在這個地點試一試。」

我無法反駁。

阿泰拋出魚線，按照我教的拉動誘餌，「這邊感覺更深。」他說。

接著我看到他的釣竿一抽，阿泰往後退，開始收線，「中了！」他說，「我的意思是，我一定中了，是不是？是不是？」竿子在水面上彎得厲害，我跳起來衝過去幫他，但阿泰並不需要幫手。他穩健的收線，然後把魚釣出水面，我的下巴都快掉了。

好大的魚！我幫阿泰解開魚鈎，然後抓著我的吊秤，「九百公克！」我大喊，「好厲害！阿泰！」

「這樣算好嗎？」阿泰問，「我的意思是，魚看起來是很大啦，可是——」

「好啊，」我說，「對河鱸來說非常好了。」

我把魚丟到船上的大水桶裡，讓魚能活著，活到我們回到岸上時。

我們又釣了一個小時，我釣到好幾條，但今早手氣最好的人是阿泰。他又釣起六條河鱸，雖然都沒有比第一條大，但個頭都還算大。我必須說，即使在我們手氣最順的時候，埃莫斯和我也不見得有如此豐碩的釣獲。我真希望埃莫斯能親眼看見這一切，我幾乎能聽見他拍著阿泰的背，對空高呼。

我們把船開進船塢時，我看到老爸，他咧嘴笑著，雙手插在口袋裡。

「你在這裡幹什麼？」我問，「你不是要上班嗎？」

「我有我的理由，」老爸伸手攬住我的肩，「妳在湖上表現得很棒，小甜心。」他說。

意思是，他有看見我們朝湖中心疾馳了嗎？

「呃……那，湖水看起來如何？」我問。

「像鏡子似的。」老爸說，「船一定開得很平順吧。」

如果老爸看到剛才發生的事，絕不可能如此冷靜的站在這裡，所以他一定什麼都沒瞧見。我望著身後的阿泰，他也正看著我。阿泰輕輕聳了聳肩，但我的心跳得好快。

如果沒有人看見，那事情算是真的發生過嗎？在科學中，若沒有其他人看見，便不該宣稱某件事是真的。我不知道如何解釋此事，但我知道自己感覺到什麼，阿泰也是。

庫柏先生要大家注意，他握住阿泰的手，宣布他是這次楓樹湖競釣的冠軍。阿泰不僅釣到最大的一條河鱸，而且其他釣到的魚，也幾乎比其他人釣到的更重，包括我的在內。阿泰紅著臉，笑得合不攏嘴，他看往我的方向，我對他豎起兩根大拇指，感覺太陽不僅亮晃晃的照在湖上，也照在我心裡。

我開始收拾我們的工具，拿水管洗船，老爸則去開貨車，這時我回頭往肩後一望，看到達倫。他手插著腰，眼色陰沉。

我瞄向阿泰，試圖專心想著如充氣的氣球般，漲滿我胸口的榮耀感。阿泰舉起獲勝的大魚和庫柏先生給他的彩帶，要我幫他拍照，好寄給他那幫「打死都不會相信我贏了」的朋友。

沒想到阿泰竟然很會釣魚，但我覺得，不管把我們逼到湖心的是什麼力量，最終都幫了我們一把。加上今天的線索，總共有六條了。如果我們調查一、三和四道線索，發現它們也是真的，我一定會覺得，自己正在完成埃莫斯生前希望我做的事。我會去追查他的線索，但我會相信他的神祕故事嗎？我還沒看到水怪，還沒體驗到別人也能看到的東西，除了阿泰之外。

我打著哆嗦回頭看著楓樹湖，阿泰和我都有些憂懼，如果是埃莫斯所說的那隻水怪把我們拖離藻華，拖到較乾淨的深水處，也許是有原因的。

那牠為何不救埃莫斯？如果水怪有足夠的力氣把我們拖過半座湖，牠怎麼能任由埃莫斯溺死？

我不理解自己所見的一切，例如，埃莫斯留下的線索，以及我自己這兒發現的證據。我開始覺得，無法確認並不會令人害怕。我愈接近牠，便愈覺得牠只是萬物的一分子，一個需要在楓樹湖裡的神祕存在。

「噢，天啊。」阿泰走到我後頭，揮著庫柏先生給他的彩帶，「我餓扁了，我現在可以吞掉一堆餃子。」

「餃子？」我問，「那是什麼？」

「就是超好吃的肉團子啊。」阿泰說，「每次我回中國，都超期待吃餃子的，而且我老爸就是在北京長大。我是說，紐約也有好吃的餃子啦，可是在北京吃到的餃子，不知怎的就是特別好吃。」

「餃子吃起來是什麼味道？」我從沒吃過餃子。

「就有張麵皮，」阿泰說，「有點厚，而且超好吃，通常會用麵皮把醃菜和碎肉包起來，或煮或蒸，另外還有附沾醬。」

「聽起來滿不錯的。」阿泰的描述害我肚子咕咕的叫。

「噢，超好吃的。」阿泰說，「到目前為止，我最愛吃中國菜。」

想到所有我沒吃過的菜，就讓我很想去到遠方。不是永遠出走，而是有足夠時間品嘗新的食物，看看新的地方。「我想，現在你大概只能吃到冰淇淋了。」

阿泰嘆口氣，然後笑說：「冰淇淋也行。」

老爸答應帶我們去冰淇淋店慶祝，旋球冰店是附近最好吃的一家，而且只有夏天才開，如果你不特別找，很可能就會錯過林子裡的冰店小屋了。最特別的是，店家還在草地上擺了野餐桌。

老爸停好車，走在我們前面，跟坐在其中一張野餐桌邊的拉法葉先生和太太寒暄著。

拉法葉夫婦年紀很大了，爸爸從小就認識他們，跟他們的孫子一起長大。

爸爸聊天時，阿泰和我跑去排隊看菜單，白板上寫了各種口味的清單。

「我問我媽媽關於天池的事，」阿泰說，「我想知道天池是否也由冰河形成，如果是的話，我覺得池裡的生物可能會很相似，搞不好是被施了相同的魔法幻化而成。」

「她怎麼說？」我問。我甚至不必看單子，因為我都會背了。

「她說呀，」阿泰說，「那裡以前是火山，所以天池其實是位於所謂『火山口』的地方，就是火山爆發時形成的大洞。」

「哇，」我說，「太狂了，火山怎麼會變成湖？我是說，冰河還說得過去——反正融化了——」

「是啊，火山湖的形成，就是大量的雨水或冰雪下在火山留下的洞中所造成的。」阿泰解釋說，「然後轟——天池就出現了。我不是指爆炸的轟。」

埃莫斯最愛玩雙關字了。「轟，」我重述說，「聽起來很驚天動地，像是一下就發生了——至少火山口如此，跟冰河真的很不一樣。」

「那不是唯一相異的地方，」阿泰說，「天池的那隻水怪——或那群水怪——聽起來滿凶惡的。牠們會攻擊船隻，彼此相鬥等等的。」

「天池其實比楓樹湖深兩倍，天知道湖裡裝了什麼？」我說，「下回你去看你外公、外婆時，應該試著尋找自己的證據。」

「也許我會去找。」阿泰說。

那一瞬間，我想像自己在世界彼端，在不同的岸邊，瞅著以前曾經是火山的湖泊。

「所以妳要吃什麼？」阿泰問。

「就我平常吃的，」我說，「檸檬雪酪加七彩糖屑。」

阿泰決定吃楓糖口味，「好像只要我在佛蒙特，就應該試試最道地的佛蒙特口味。」

就在此時，我看見遠處前方隊伍裡，有個人轉身看著阿泰的方向：是達倫。接著達倫看著我，我看不出他的表情是陰是晴。

我們抓著堆得很高的冰淇淋筒，在離拉法葉夫婦不遠的一張野餐桌邊，找到位置。

「好吃。」阿泰說，「這玩意兒真不錯。」

「這是濱地郡本地產的，」老爸說，「是幾年前，一間較大的酪農場開始製作的冰淇淋。」

這時我看到達倫起身緩緩朝我們走來。

「嘿，」他來到我們桌邊，說道：「嗨，洛格先生。」

老爸拍拍野餐桌，指著他旁邊的位置，「坐吧，達倫。」他說。

達倫有一會兒什麼都沒說，感覺有點尷尬，至少對我而言如此。老爸和阿泰似乎無所謂；兩人專心的啃著他們的冰淇淋。

但接著達倫打破沉默了，「你贏得楓樹湖競釣了。」他對阿泰說。

「菜鳥的狗屎運啦。」阿泰說。

「幹得好。」達倫說，但聽起來不太像讚美。

「謝謝。」阿泰舔著他的楓糖冰淇淋。

「你知道嗎？」達倫說，「那場比賽應該只給本地的孩子參加，給整年都在楓樹湖上釣魚的孩子參加。我不懂你幹嘛來這裡。」

老爸嚴厲的看著達倫，「小心說話，」他說，「阿泰是我們濱地郡的客人，他現在就住這兒，絕對有權力參加競釣。」

達倫別開眼神，我看到他臉頰通紅，雙手在身側緊握成拳。我看出他還有話要說，但他不想說。達倫知道自己已經失言了，阿泰只是小心翼翼的看著他，阿泰很鎮定，但有些緊繃。

「我猜你們在湖上待那麼久，」達倫說，語氣有一點酸，「也沒事幹，只能練習釣魚囉。」

阿泰看著達倫，肌肉依然緊繃，他繃著下巴。「其實在湖上有很多其他事情要做。」他低聲慢慢說，語氣非常強硬。「楓樹湖出了一些問題，我母親、雅蒂和我這樣的人，正在努力維護湖泊的健康，好讓楓樹湖競釣等這類活動能照常舉行。」

我張嘴想讓達倫知道我站在哪一邊，但阿泰先發難了。「我們在研究湖裡的汙染問題，」他說，「你有見過藻華嗎？」

達倫別開頭，「我不知道那是什麼。」他說。達倫不解的擰著眉，鬆開拳頭，把手插到口袋裡，「可是楓樹湖怎麼可能受到汙染？」

「湖水確實被汙染了，」我說，「我們正在釐清原因，順便一提，藻華看起來就像水上的綠糊。」

「我不明白，」達倫說，他看著阿泰，「你到這裡還不到一個月，怎麼會知道我們的湖怎樣了？」

剛開始跟我們說話時，達倫的語氣還很不客氣，這會兒卻火氣全消，產生了別的情緒，有些疑慮，或許還有點難過。

「你只是還沒遇見我媽媽罷了。」阿泰說，「她知道所有的水體，各處的水體，我沒在開玩笑，我們談的可是一位百分之兩百的書呆子。」阿泰的用語十足阿泰，但語氣則不然，有一種我聽不慣的怨怒。他挪到長椅另一端，垂著肩，一臉心事重重的樣子。

達倫的表情一變，倉皇的表情不見了。「我想我應該去找找那些藻華。」他靜靜的說。

「我知道我剛到此地，」阿泰接著說，「在這個暑假前，我從沒來過佛蒙特，但現在我們只想設法找出幫助楓樹湖的辦法。」

一個人是否真心誠意，很容易看得出來；阿泰待人真誠，也許連達倫都看出來了。

「是這樣的，」阿泰說，「我剛到這兒時，也不喜歡科學，我以為這會是我最最無聊的一個暑假。『最最無聊』算成語嗎？」他用手指和大拇指扣著自己的下巴，嘟起嘴，努力思索。達倫的嘴角往上一揚。

阿泰聳聳肩，然後一笑，「總之，現在連我對楓樹湖的事都有點著迷了，這都拜雅蒂所賜，楓樹湖簡直跟這個冰淇淋一樣讓人上癮。」阿泰啃著甜筒，然後閉起眼睛，「嗯，」他說，「好美味的科學啊！」

然後達倫哈哈笑了，我真是佩服阿泰。我不確定還有別人能讓達倫・安德魯斯在不到五分鐘內，從原本的悶悶不樂，到極端疑惑，然後又開懷大笑，也許連埃莫斯都辦不到。

一直舔食著冰淇淋，在一旁盯著達倫的老爸，把眼光看向遠方的山群。

「有的時候，」他不特別對誰說，「人不能目光短淺的只看眼前。」

15 奇異的銀色魚尾

我到生物站時，阿泰就在門口等著，腳下轉著一顆足球。「我媽想跟我們兩個談一談。」他說，「她想解釋汙染楓樹湖的化學物質，是P開頭的字。」

「是Ph開頭的，」我說，「是磷。可是戴爾先生人呢？」通常都是由老師來指導我們在楓樹湖上做科學活動。

「他就在附近，」阿泰說，「媽媽只說，她也想告訴我們一些事，想『參與』我們的教育或其他什麼的。」

我們走進去時，阿泰走在我後面，我可以聽見他用手指轉著足球，球掉落時，阿泰衝過去接球。不過我們走進李博士辦公室前，阿泰便把球放到走廊的椅子上了。

打開辦公室的門時，我感覺到緊張像水流般的流竄到阿泰全身，可是每次我見到李博士，都打從心底感到平靜。她的聲音平穩篤實，即使是在解釋極端複雜的事物。她動作迅捷，卻優雅輕巧，彷彿不管做什麼，都有明確的目標。我相信她一定心懷目標，就如達倫說的，對於一個剛到這裡的人而言，她真的很努力在幫助楓樹湖。

「你們的下一個任務，就是依據我們最近採樣的結果來進行研究。」李博士說，「我們在反覆分析後，明確看出超標的磷含量，尤其是暴風雨過後，大量的沉渣被沖入楓樹湖裡。」

「有道理。」我說。

「我們得努力找出一些根本原因，」李博士接著說，「有許多種可能。」

「我讀到過一些可能性，」我說，「我們要如何釐清是什麼問題造成的？」

「科學有個弔詭的地方，」李博士說，「即使我們可以盡其所能的找出正確答案，但有時也得做些臆測，這種事很難說。」

我很同意博士的看法，雖然我以前並不知道。

「我希望妳依據對本地工業及活動的瞭解，針對磷汙染的可能成因去做研究。」她說，「並對我提出一些假設，必要時戴爾先生也能協助。當然了，杰克、塔莎和我也有相關的研究工作，不過對妳來說，試一試會是很好的練習。」

「聽起來很棒。」我說，阿泰盯著地板。

「阿泰？」李博士用銳利的眼神看著阿泰，「你也必須參與，你沒問題的。」

阿泰點點頭，但沒去看他母親。我看到他紅著臉，想到藏在走廊上的足球。

我清清喉嚨，「呃，李博士？」我問，「阿泰一直很熱心參與，我很——很慶幸有他幫忙。」

阿泰抬眼看我，眼中閃過一絲驚喜。

李博士看起來也有些詫異，「很高興聽妳這麼說。」她表示。

「阿泰非常聰明，」我接著說，「前幾天他獨力研究楓樹湖，追蹤所有的採樣水，還幫我用定位器找出測試點。」

李博士看著阿泰，我看到她嘴角開始浮現笑意。

「還有，」我說，「阿泰有跟妳說，他贏了楓樹湖競釣嗎？他釣起來的魚比任何參賽者的都棒。」

「他倒是沒跟我提。」李博士回道，顯然嚇一大跳。「不過……繼續好好努力吧。」她用手搭住阿泰的肩膀片刻，然後就走出去了。

「謝謝。」我們去休息室談我們的計畫時，阿泰輕聲對我說，「要我去跟妳媽媽演說，說妳有多酷嗎？我完全可以哦。」

他的話真是一語中的，阿泰也許不知道那會多麼有用。「搞不好我會要你去說呢。」我也輕聲回答，「你幹嘛不跟你媽媽說楓樹湖競釣的事？」

阿泰聳聳肩，「我覺得她不會在乎。」

「我覺得她挺在乎的。」我說。

在休息室裡，我們沒有討論應該討論的磷汙染原因，反而決定先安排調查第一道線索。

阿泰對此非常興奮，我想到第一次見到阿泰的情形——他在凍得要命、大部分的人都不敢入水的楓樹湖裡蹦來跳去——我大概可以明白為什麼了。這道線索根本就是在冒險。

「妳擅長晚上偷溜出門嗎？」他問。

「呃……不知道。」我說。

「少來，妳什麼都知道。」阿泰說。

我大笑說：「我的證據還不足，無法做出那種結論。」

「妳是在用華麗的科學陳述，掩飾妳從來沒嘗試過嗎？」阿泰問。

「呃，好吧。是的。」我對偷溜出門確實有些不安，但第一道線索得在滿月之夜進行。感謝戴爾先生和他的圖表，我知道我們今晚就會有滿月。

而我需要知道埃莫斯是否說對了。

我查看自己每次觀察的日期、時間和地點，重審我們看到的藻華數據，如果湖中真有水怪，為何牠要在躲藏如此之久後，突然想被人看見？而且為什麼是要讓我看見？

我心想：魔法證據跟科學證據是一樣的嗎？真的會有某種神奇的生物，試圖向我們傳遞科學所無法證明的事情嗎？或幫助我們瞭解我們所看見的狀況？假如楓樹湖繼續受到汙染，而我們卻找不出處理的辦法，那水怪會死掉嗎？

在生物站的時間似乎特別漫長，阿泰和我等待天黑、滿月和第一道線索。我們約好晚上十一點騎腳踏車碰面，我答應給阿泰弄盞頭燈，他在布魯克林顯然用不著，因為那裡連晚上都燈火通明。終於，晚飯結束了，我洗過碗盤，抹淨擦乾，老爸離開廚房，桌上放著一疊帳單，而老媽也出門上班了。我躺在床上，望著在窗外漸沉的夜色，興奮到睡不著覺。

我不知道埃莫斯尋找這道線索時，是如何悄然無聲溜出門的，也許他是趁我去莉莎家過夜時跑了出去。

我在確定老爸睡著後，把窗子往上一推，然後小心翼翼的挪走外層紗窗，再將窗子放下來。窗子咿呀的響著——慘了——我停下來，屏氣等待老爸翻身喊我的名字，但他沒有。除了蟋蟀細細的鳴唱聲外，萬籟俱寂。

等滿月出現時，夜空已不再像漆黑的夜了，空中呈寶藍色，而且還會放光。我都忘記在滿月之下，視線有多清楚了。我不再那麼害怕，躡手躡腳的騎著腳踏車穿過草地，往詹森家後院的反方向騎，暗自祈禱他家的狼狗能保持安靜。不知道為什麼，狗群沒有亂吠，也許是因為蟋蟀的叫聲太大，所以牠們沒聽見我吧。

阿泰和我在三號公路跟我家那條路交會的街角會面，就在楓樹湖上邊。我們沒多說話，拼命踩著車往沙灘奔。

我帶了運動衫，因為湖邊比較冷。阿泰和我並肩站在沙上，望著黑漆漆的楓樹湖。月兒懸在我們頭頂，像顆安靜的珠寶，水浪潑濺著我們的腳，我們等候著。

「好的，第一道線索。」阿泰說，「鼓聲。我不知道妳是怎麼想的，但是到目前為止，我覺得聽起來還是像水聲。」

「噓。」我說，「再等久一點。」

我閉上眼睛，那股溫暖的感覺又蔓延開來，接著緊擁我的臂膀，提醒我它就在這兒。我也隨著回擁那股溫暖的感覺。聽啊，我心中有個聲音說，也許是我自己的，或者是埃莫斯的。仔細聽，水浪一個接續一個的滾動著。

◗ ☽ ● ☾ ◖

一道記憶突然湧現：埃莫斯和我約十歲時，跟老爸一起搭船。老爸扯著假餌，希望能釣起一兩條鱒魚，我們兄妹則在船側握著自己的釣竿。埃莫斯的竿子突然往下一抽，爸爸連忙衝過去幫他扶穩並收線。

「我釣到了，雅蒂，我釣到啦！」埃莫斯大聲喊著，「而且好大一條！」

我放下自己的竿子挨到埃莫斯身邊，銀色的魚鰭在水下掠過——果然有一條拼命掙扎的魚兒。為什麼埃莫斯老是釣到大魚？記得我當時心裡想。

老爸用腳抵住船體，撐在埃莫斯背後。魚竿彎著，然後又突然往上抬，「再使點勁！」爸爸大喊，埃莫斯拉著，爸爸則移動竿子，接著釣線啪的彈起，魚竿變直了。埃莫斯往後彈入老爸懷裡。我往水裡一望，看到一條銀色的尾巴搖擺著遁入水中深處了。

「魚兒跑了。」埃莫斯說，語氣受傷而不解，「不見了。」

老爸拍拍埃莫斯的肩，「有時就是這樣子的，兒子，沒關係。」

「而且還是條超級大的魚，」埃莫斯的聲音一顫，「我看得出來。」

我感覺一股酸酸的釋然在胸中擴散開來，「你拉得太急了。」我說。

埃莫斯用手抹著眼睛，上唇抽顫著。

那一瞬間，我好希望他哭出來。

可是等他看著我時，我再也尖酸不起來了，「沒關係，」我說，「別難過。」我抱住他，雖然寒涼的夜氣漸侵，四周卻感受到陣陣暖意。

我環住自己的腰身，用力抱住自己，試圖像埃莫斯以前抱著我一樣。我現在難過時就做這個動作，可惜沒有用。我緊抱自己，直到指甲刺入身側，雙腳卻依然如沉石般的固定在原處。埃莫斯和我並非總是「兄友妹恭」，但如今他走了，我寧可回想兩人和睦相處的時光，而不是令我懊悔悲傷的現在。

當時我不是故意要嫉妒他的，我心想，我好想鑽回那時的記憶裡，改變埃莫斯釣竿上的拉力，留住那條魚，看他把魚拉出水面，看魚兒彈跳發亮，讓老爸為他感到無比驕傲，甚至我也會為他驕傲。假若我知道埃莫斯沒有剩下太多時間，我一定會那麼做，我會多做很多很多。

水浪湧入，我在聽呢，我心想。

又是一記聲音，接著鐃鈸敲響。我張開眼，波浪看起仍舊沒改變，但我相信浪聲中還有別的東西。

我聽到低沉的鼓聲，空泛而渾圓，有節有律——先是水濺聲，接著是鐃鈸聲，然後是一記低響。

阿泰戳了戳我，「我聽見了。」他瞪大眼睛盯著水面，「瞧。」他指說。湖心濺起銀色的閃光，然後又落下，有個形狀似乎浮現上來——是尾巴嗎？接著又四下散開，溜進水裡了。我一口氣卡在喉頭。

阿泰只是搖著頭，「哇。」

我無法呼吸，不能動彈，只能目不轉睛的看著。

直到水面驟然停止，恢復平靜，連波浪都變得無聲，像是凍結在半空中。我也定住了，等著看那東西會不會回來。

「剛才就是那個嗎？」阿泰悄聲問。

等我終於吸氣時，波浪再次湧入，卻與先前一樣輕柔安靜。那樂聲消失了。

「就是。」我淡淡的說。

我們回去取腳踏車前，我拿出筆記，在如此明亮的月色下，我連手機上的手電筒都不必打開便能看見了。我振筆直書。

「別忘記寫下那個銀色的圖紋，」阿泰說，「真的很炫。」

「你不覺得看起來像條尾巴嗎？」我問，「那樣在水裡鑽進鑽出的？」

「絕對有可能是尾巴。」阿泰說。

我想起埃莫斯從沒釣起的那條魚，湖泊真的能裝載很多祕密。

16 雅蒂被禁足

我大概太專心聆聽鐃鈸聲了，都沒感覺到手機在口袋裡震動。我拿起手機時，看到老爸傳來三封簡訊，全都是在十五分鐘內傳的。

妳在哪？

現在打電話給妳媽媽，

媽要回家報警了，拜託回電！

「慘了！」我用手掌撫住額頭，心跳加快的回傳訊息——

現在就回家，

別報警，我沒事！

「妳爸醒啦？」阿泰說，「哇咧，糟了。」

「你還說呢，」我回道，「我爸媽一定氣瘋了。」我雖然不悅，但也覺得罪惡，我知道他們有權利生氣。

「要我陪妳回家嗎？」阿泰問，「幫忙解釋？」

「不用了，」我說，「拜託別進屋。」我很難想像媽媽看到我時會怎樣，「我們快回點去就是了。」

◗ ☽ ● ☽ ◖

到家時，我靜靜的扭開門把，雖然我知道爸爸醒著，媽媽的車也停在車道上。不知他們會不會因為媽媽夜班中途離開，而扣她工資。不知媽媽是怎麼說的——有急事，我女兒，每個人一定都在想……不會又來了吧。我的胃揪成一團，覺得想吐。

我躡手躡腳的走進客廳，也許心存僥倖，如果我不發出聲音，他們就會忘記我偷溜出去，差點嚇死他們的事了。我進客廳時，希望他們只是在看電視，然後吃爆米花。媽媽會在沙發上挪動，拍拍身邊的溫暖位置，叫我窩過去，說這裡有毯子。也許不會有事的。

可是首先映入眼簾的，就是媽媽的臉，她滿臉淚水。爸爸坐在她身邊，一手搭在她背上，另一手掩著自己的眼睛。

我動也不動的站著，媽媽看到我時，立刻放聲大哭；爸爸兩眼泛淚，然後站了起來，似乎想說什麼，但又坐了回去，用手摀住臉，雙肩抽顫。

看見自己爸媽哭，感覺好怪。上次他們是在埃莫斯的喪禮上哭的，但那並不奇怪，因為我也哭了。我可以回憶那天的情形，但無法想太久，都是快速的片段，棺材，打亮的木頭。看著埃莫斯那張如沉睡般的臉，有人跟我說，沒關係，妳可以摸他——我很想揍那個說話的人，因為那並不是真正的埃莫斯。牧師打開聖經，然後闔上聖經，好長一段時間沒說話，臺下盡是暗啞的哭聲，以及擤鼻子的聲音。喪禮後有好多燉菜，大家都叫我要吃，雖然我並不想，我再也不想吃了。那時，媽媽和爸爸倒在彼此身上。

「我沒事，爸媽。」我說，結果害媽媽哭得更凶，她擤著鼻子，然後看著我。

「妳不可以這樣子。」媽媽說，「妳知道我們有多——」她止住話，用手摀住臉。

「好啦，對不起，可是——」

爸爸打斷我的話，「如果妳要偷溜出門，難道不該帶上手機嗎？」

「我帶了，我……」我打住話，看著地板。我知道帶手機不是重點，如果我沒打算接的話。

「我們幫妳買手機是有道理的。」爸爸說，「這樣我們就不必擔心妳在哪裡，就像我們擔心——」接著爸爸也吞住話了，他搖搖頭，「妳到底在想什麼，雅蒂？」

爸媽和我，都心情惡劣的坐在那兒。我心中怒氣噴發，我覺得他們一直過度擔心我的安危，也許家中有人因意外死亡，就會變成這種情況。每個人心中都有崩潰點，而你必須知道，自己永遠不可能修復它。

我感受到那根擠在我口袋裡的鯨齒，它讓我想起我所失去的一切，以及我剩下的一切。就在這時，我感到那股溫暖的感覺環繞住我了。

我覺得若把埃莫斯和水怪的事告訴爸媽，並不會有損失。也許媽媽聽到埃莫斯的名字，會哭得更慘，老爸或許會咬緊牙關，抬起手，要我別再說了。但話又說回來，他們說不定會聽我解釋，因為不聽的話就只能繼續崩潰。

我深深吸一口氣，「我在替埃莫斯執行一項計畫。」溫暖的感覺更明顯了。

媽媽表情一僵，然後抬起頭，皺巴巴的衛生紙從手上滾到地下。她看著我的眼，我很不忍心看她——看著她額頭上的皺紋，那些皺紋看起來就像馬克叔叔田裡的畦溝。

可是我還是看著媽媽了。我往下接著說：「他相信湖裡有——他認為那裡有……有東西住在那裡。埃莫斯想證明牠。」

「有東西？」老爸說，「例如，什麼樣的東西？」

「像水怪之類的。」我說。

「水怪？」爸爸粗聲說，「什麼樣的水怪？」

在爸爸的注視下，我扭著身體。「你知道，我們在成長的過程中，總會讀到一些比較離奇的故事，像是……生活在森林或水裡的珍禽異獸吧？埃莫斯覺得楓樹湖有類似那樣的東西。」

媽媽抬頭望著天花板，然後嘆口氣。「沒有什麼能打敗他的想像力。」她說，然後看著我，「我想，他以為只有他能看得到，是嗎？」

「不只是相信那麼單純而已，」我說，「埃莫斯認為，你若相信有，就能看見牠。他希望我能幫他調查，在他去──」我嚥著口水，「在他去世之前。一開始我沒在意，但現在我想回頭調查他的線索是不是真的。」

「所以妳才會大半夜從家裡偷溜出去？」媽媽搖頭問，「去找一隻神奇的水怪？」

接著她瞪大眼睛，媽媽不必說任何話，因為我從她眼中看到了一切。埃莫斯偷溜出門，在寒冰上滑倒，然後冰裂……媽媽現在知道埃莫斯在尋找什麼了。

四周空氣凝結，我在暑熱中不寒而慄。我得繼續說話，回答媽媽的問題，裝作不知道她剛剛忽然理解了什麼。

「大概，呃──大概就是這樣。」我說，「我的意思是，我知道這件事聽起來有點瘋狂，但那並不只是尋找一隻怪物而已，我認為這與湖泊受到汙染可能有關聯，我想查明原因。」

媽媽只是望著我，我知道她眼中熊熊的光采並非怒火，接著她眼神一黯，忽然多了別的情緒，也許是悲傷吧。

「好吧，」爸爸用冷硬沉重的語氣說，「妳被禁足了，禁足一週。我送妳去生物站，妳媽或我會去接妳，但除此之外，妳只能待在自己的房間，不許去圖書館，不許去冰淇淋店或泰迪的店，不許騎腳踏車，也不許去養小牛。就這樣。」

「可是莉莎需要我！」我說，「你何必也處罰她？」

「妳堂姐不會有事。」老爸說，「她知道自己在做什麼，何況，我不覺得妳有她預期中的那樣常去農場。」

我盯著地面，鼓著一張臉，眼睛刺辣辣的。老爸說得對，莉莎要是發現我因為溜去楓樹湖而無法幫忙帶小皮蛋，應該不會同情我。

至少我還是可以去生物站——我真的得回去做研究。

爸爸站起來按住我的肩膀，壓得我好沉。「以後別再那樣了。」他靜靜的說，然後離開客廳。

接著媽媽讓我嚇了一跳，她靠向前，捧起我的臉，眼睛雖然還溼著，卻露出微笑。那感覺就像過去在湖上玩時，她捧著我的臉說：「我的寶貝女兒。」現在她撥著我的頭髮，然後用極度悲傷，聽得我心都碎散的語氣說：「妳難道不知道，沒有水怪這種東西嗎？」

我垂眼望著地板，眨眼忍淚。

17 阿泰的農場體驗

禁足的意思是，我有很多時間得獨自待在自己房間，溫習埃莫斯的線索和自己的筆記，這有助於撫慰不被爸媽相信的傷心。

不過，困在家中使得這個禮拜度日如年，我用簡訊跟莉莎解釋自己為何沒法去穀倉，至少大略解釋了一下，但我確實省去部分的細節，例如，所有關於楓樹湖的事。所以基本上，我只跟她說我被禁足了。莉莎過了一陣子才回話，簡訊中只寫了：OK。連原因都沒問。

現在我們得去她家吃國慶晚餐了，我試圖抑止胸中的忐忑，阿泰要跟我們去，但願一切順利。「雅蒂，妳能拿楓糖布丁嗎？」媽媽喊道。她把工作服放到塑膠袋裡了，這樣她就能在聚餐結束後，直接去上晚班。

楓糖布丁光聽名字就很好吃：把楓糖漿、牛奶、雞蛋和香草攪在一起，然後加熱，再放涼至室溫，等布丁變得輕如空氣，吃起來就會柔滑香甜。

我捧著碗走向前門，意識到這是埃莫斯死後，媽媽第一次為了聚餐而下廚。她以前都會帶燉雞肉飯過去；當花園裡有鮮採的菠菜時，她就做菠菜沙拉——可是後來，她只是人到，但即使人到了，心也不在了。因此當我把楓糖布丁端上貨車，小心翼翼的放到身邊的座位時，心中便感到愉快。老爸轉動鑰匙，媽媽在鏡子裡檢視自己的頭髮，整理散亂的髮束。

我們停車時，阿泰已經等在外頭了，他笑嘻嘻的跑到車邊。

我幫他推開車門，阿泰一跳上車，便握住媽媽的手。「嗨，洛格太太，我是阿泰。」然後也去握老爸的手。

「很高興又見到你，孩子。」爸爸說，但他最後兩個字說得有點哽咽。媽媽眼中泛著薄光，我知道那種被不經意的話弄痛的感覺，教人覺得傷痕累累。

我們開在繞過楓樹湖的路上，朝莉莎家駛去。楓樹湖在夕照下金光閃燦，彷若有人在湖上撒下千百萬枚金幣，讓金幣飄在湖上。

車子開到莉莎家的車道時，迪迪和姍米衝出來，老爸一停好車子，她們就撲上來，用小手拍著車窗。瑪莉嬸嬸抱著小凱蒂奔出來，「小朋友，別擋住車子！讓布魯斯伯伯下車。」班班發出嚎叫。

「這裡很吵，」我對阿泰說，「但很好玩。」

「看起來也是。」阿泰從車上跳下來，兩個小女孩瞪著他。

「你是誰？」活潑外向的迪迪問。

「我是阿泰。」他伸出手讓迪迪握著，「妳是誰？」

「我是迪迪，這是我妹妹姍米。」姍米疑心重重的瞄著阿泰，兩手疊在胸前。她遇到新客人總是很害羞。

「很高興認識妳們兩位，」阿泰說，「妳們知道我有什麼本事嗎？」

「什麼本事？」迪迪問，她把手插在腰上。

「我可以用手走路哦，有沒有看過別人那樣做？」

「你才不會呢。」迪迪說，「腳才是用來走路的，不是手。」

阿泰聳聳肩，「妳瞧這個。」說著他輕鬆的倒立，往前挪移幾步，然後又落回地上。「瞧見了嗎？」

迪迪和姍米看得目瞪口呆，姍米這會兒連手都放下來了。

一秒鐘後，兩人已黏在阿泰身上了：「我要玩！教我！」阿泰一次一個的幫她們倒翻過來，抓穩她們的膝蓋，讓她們倒立前行。他輕輕放下孩子的腿，孩子站起來，尖聲叫著：「還要！還要一遍！」

瑪莉嬸嬸笑說：「你很會哄小孩嘛。」可是媽媽只是望著，一邊抓緊爸爸的手肘。

「來吧，蘿拉。」瑪莉嬸嬸柔聲說，「快進屋裡，妳有帶楓糖布丁嗎？噢，妳帶啦！這是我一整天裡聽到最好的消息。」

媽媽轉身跟著嬸嬸，她走得很慢，像個機器人，媽媽回眸望著阿泰、迪迪和姍米。

我知道她看到什麼，任何認識他的人都會這樣。另一個能讓迪迪和姍米咯咯笑成那樣，總是用紅燈綠燈、魔術和搔癢癢，逗得她們興奮不已的人，正是埃莫斯。

外頭天氣好暖，瑪莉嬸嬸決定把大夥帶去後院的兩張大野餐桌邊。阿泰和我幫忙嬸嬸固定桌布，擺設杯盤。我沒問莉莎在哪裡，或她為什麼還不出來打招呼，因為我相信她現在百分之兩百在生我的氣。

瑪莉嬸嬸帶小凱蒂進屋裡換尿片，阿泰和我坐在草地上。爸媽手勾著手在馬克叔叔家的牧草地邊散步，草地上的小溪流入松河的源頭。我聽不到媽媽說話，但我看到兩人的頭彼此相依，媽媽嘴唇掀動。

「等一等，雅蒂。」阿泰說，他在院子裡找到一顆橡皮球，用腳踝來來回回拐著玩。「妳老爸和妳叔叔是兄弟，對吧？」

「沒錯。」我說。

「那他們是如何決定農場要給誰？」阿泰稍稍運了一下球。

「噢，」我解釋說，「我爸是哥哥，但他其實並不想要這座農場。」

「真的假的？」阿泰問，「為啥不要？好像很好玩啊。」

「是可以很好玩，」我說，「但不總是那麼好玩，也很辛苦的。馬克叔叔和瑪莉嬸嬸工作可努力了。」

「感覺上有好多事要做。」阿泰四下環視，看著草地過去的田野，再看看穀倉、草房和農具房。

「他們的工作不僅僅是務農，」我說，「他們老是說，現在沒有人能靠小型農場糊口了，不算其他工作，光務農就夠辛苦的了。」

「哇。」阿泰說，「那他們除了務農還做些其他什麼嗎？」

「瑪莉嬸嬸是老師，」我說，「教三年級。馬克叔叔種飼料用的草和玉米，而且還熬糖。」

「什麼叫熬糖？」阿泰問，「我的意思是，聽起來好像很好吃。」

「就是做楓糖漿。」我指著田地邊，穿過樹林的長長藍色管線。「那些管子會把楓樹的樹汁送到製糖房裡的一座蒸餾器裡。」

馬克叔叔的院子裡有一棵大楓樹，在樹幹上裝有一個水龍頭，底下掛著一個桶子，裡頭有一個杓子，我們可以從桶子裡舀楓樹汁。楓樹的汁液清澈稀薄如水，帶著一股淡淡的香甜。你知道如果耐心等候，熬得夠久，甜度就會增加。

「他們……聽起來好忙。」阿泰說，往後靠在自己臂上，並往前伸出一隻腳，把球踢給我，我也把球高高的踢回去。

「我的意思是，我爸媽工作也很辛苦。」我說，「那是當然的，可是我爸爸總是想做點不同的事，他喜歡蓋東西，所以才會替營造商工作，他可以從平地上造出一整棟房子。」

阿泰張大眼睛，「太酷了吧。」

我胸中燃起一絲驕傲的火花，「是啊，超酷。」

我聽到紗門重重一摔，是莉莎，她拿著她的素描本。

「嘿，」她說，「好久不見。」氣氛感覺凝重到都能切成塊了。

「我知道。」我望著地面說。

「她老是惹麻煩。」阿泰說。

莉莎直接走向阿泰，「你說得對。我是莉莎。」

「很高興見到妳，」阿泰說，「我是阿泰，我剛好很喜歡藝術，我能看看妳的畫嗎？」

莉莎眼中露出驚訝的神情，她怯怯一笑，卻將本子緊抱於胸。「呃，」她說，「我還沒畫完。」

「唉呀，別害羞。」阿泰說，「我保證一定會喜歡。」

莉莎的笑意更深了，「等我畫完吧。」她說。

「妳能講一下妳在畫什麼嗎？房子？樹？還是我這個掃到颱風尾的受害者？」阿泰手插著腰說。

莉莎聽了哈哈大笑，「好吧，算了。」她遞上本子，卻狠狠的瞪我一眼，害我倒縮回來，阿泰則湊近去看。

他咻的輕輕吸口氣，「漂亮，」他說，「非常棒。」

莉莎臉一紅，一把抽回素描本，我都還來不及看仔細。

「別這樣。」我說，「妳也得讓我看看。」

莉莎瞇起眼睛，但還是翻開一頁，我一看到畫，便細細尖叫一聲：是小皮蛋！莉莎不知怎麼畫的，居然把牠全身亂七八糟的斑紋可以完美畫出。

「太完美了！」我真心誠意的說，「妳也要把這張畫交去濱地藝術展嗎？」

「這跟月亮的圓缺無關，」莉莎說，「所以我不打算交。」

她的聲音粗啞，像是碎冰。

阿泰在穀倉裡一眼就認出小皮蛋了。

「那些斑紋會不會太誇張。」他說，「牠像是藝術家設計出來的。」

莉莎笑了笑，把頭套套到小皮蛋頭上，然後將繩子交給我。「要練習嗎？」她問，此時語氣頗為戒慎，也許帶了些期許。可是她一把繩子給了我，便往後退開，在我們之間拉開一段距離。

我確實需要距離，我被禁足後就再也沒訓練過小皮蛋了，而且我知道，就算我沒被禁足，到農場的時間也並不足夠。可是也許我能趁此機會，向莉莎表示我還是能幫得上忙。我拿著繩子開始拉扯，但什麼都沒發生，小皮蛋像石頭似的杵著。

「把套子的繩子拉到她的頭旁邊，」莉莎說，「妳若想要牠聽從引導，就得那麼做。」

我把手挪到繩子上方拉緊，用力扯著，但小皮蛋還是抵死不從。我知道我得在展覽會上展示牠，但我根本不懂怎麼做。我應該多練習，可是楓樹湖有一堆事要調查，我實在無法考慮到小皮蛋的事。

「別拉那麼緊，」莉莎說，「稍微放鬆一點。」

我將繩子鬆開些。

「現在再拉緊一點，但別太多。」莉莎說，「只要牠往前踏一步，就再鬆開繩子，那樣牠就會想繼續走了。」

小皮蛋和我一點一點的往前走。

「很好！」阿泰說。

「好。」莉莎表示，「現在別讓牠走了，讓牠站定。妳記得牠的腿應該擺成什麼樣子嗎？」

我停下腳步，輕輕推著小皮蛋的後腿，讓腿的間距平均。

「不錯。」莉莎說，「我想妳很快就能準備做展示了，不過妳也沒有太多時間了。」

我皺皺眉，聽莉莎那樣大聲說話滿刺耳的，令我想到自己在小皮蛋身上花的時間遠遠不夠。

「妳快練成了！」我轉頭循聲看向馬克叔叔。我沒發現他、瑪莉嬸嬸和爺爺早已進入穀倉，看著我們練習了。連小凱蒂都安安靜靜的騎在她老爸肩上，兀自吮著大拇指。透過打開的穀倉門，我看到迪迪和姍米在外頭的輪胎秋千上玩耍。

一看到爺爺，我便朝他奔過去，而且永遠不會嫌自己年紀太大。「小雅蒂，」他說，然後拉著我的馬尾笑了笑。

「爺爺、馬克叔叔，這位是我朋友，阿泰。」我說，「我想帶他參觀農場。」爺爺和馬克叔叔輪番跟阿泰握手。

「我們給妳們帶了點東西。」瑪莉嬸嬸說，她手揹在後邊朝我們走來，馬克叔叔跟在後頭，我看得出他很努力的在忍住笑意。

我送小皮蛋走回牛棚，讓牠待在裡頭，然後取下套子。

「是什麼？」莉莎問。

瑪莉嬸嬸把手放到前方，給我們看一個用打磨的木頭做成的美麗盒子，盒子前方用燒烙筆刻上我們的名字——雅蒂和莉莎。

我輕輕驚叫一聲，莉莎向我挨近，按了按我的手。

「這是妳們的展示箱，」馬克叔叔說，「放妳們的刷子、上光油、驅蠅劑、剪刀等東西。」他搔搔後頸，盯著地上，還是抑不住笑意，我真希望他乾脆大大方方的笑出來。

「這是妳馬克叔叔做的，」瑪莉嬸嬸說，「妳們的名字是我烙上去的，喜歡嗎？」

「愛死了。」我說，張手環住瑪莉嬸嬸的脖子，莉莎則抱住她老爸，兩人互相擁抱。穀倉裡至少有那麼一會兒的時間，每個人都挺開心的。莉莎不會希望我離開楓樹湖，我不會因為莉莎的期望而經常過來，不會因一心想尋找線索而感到罪惡。甚至有一瞬間，我覺得埃莫斯也跟我們在一起，擁著我們的肩膀。

「嘿，」莉莎輕聲的說，然後碰了碰我的手肘，「妳會來參加濱地藝術展，對吧？藝術展就在酪農展之前，所以妳只要早一些跟我碰面就成了。」

「我一定到。」我說，這時莉莎才露出笑容，我覺得雙肩一鬆。

「等結束後，我們可以一起回牛棚，」她提高嗓門說，莉莎又開始興奮了，我心中不免憂心忡忡。萬一我讓她失望了呢？「評審們下午也會到，以評定我們的小牛是否乖乖的，畜棚裡是否也乾乾淨淨。」

「這計畫很好，女孩們。」馬克叔叔說，然後轉向阿泰：「準備好學擠奶了嗎？」

「當然！」阿泰興奮到踮腳跳。

「咱們走。」馬克叔叔說，「帶你參觀去。」

我們往大牧場走，牛群就在那邊吃草。

「牠們有很多草可以吃，」叔叔說，「還有乾淨的水。」他指著柵欄邊的一條小溪說。埃莫斯、莉莎和我以前常在炎炎暑假，溜到清涼的溪裡泡腳。

我們走入擠奶室，阿泰瞧得眼睛都直了。「哇，」他說，「我從沒在一個地方見過這麼多母牛。」我眨眨眼，那些都是我從小就認識、觀察，有時還幫忙擠奶的奶牛，但不知怎的，牠們看起來變得不一樣了，長大了。我聆聽馬克叔叔告訴阿泰，如何用碘酒和水，擦拭每頭母牛的乳頭，然後將機器的分叉管套到乳頭上，機器便會開始啪嗞啪嗞的把牛奶從母牛身上吸出來，最後透過管子輸送到桶子裡。牛奶放涼後，就會送到加工廠消毒、裝瓶，再送往商店。

「雅蒂說你想學用手擠奶，」馬克叔叔說，「我幫你留了一頭牛——貝絲，牠很可愛。」我們走到擠奶室盡頭，爺爺在貝絲旁邊擺了張小凳子，自行坐了下來。貝絲扭頭用牠深邃的棕眼看著我們。

爺爺擠了一輩子的牛奶，看他的手動作飛快，實在樂趣無窮。爺爺迅速的用大拇指和食指環住貝絲的乳頭，然後用其他手指往下擠拉，讓最初幾道牛奶先射在地上，然後才把金屬桶子放到貝絲的乳頭底下，接住剩下的奶。

示範完後，爺爺從凳子上起身，對阿泰揮揮手，阿泰坐了下來。爺爺指引阿泰的手，為他示範如何把手指放到正確位置，這不像人們想像的那麼容易，像我就不太會擠奶。不過經過一番拉扯後，阿泰終於擠出幾滴奶了。

「這也太酷了吧！」他尖聲叫說，爺爺和馬克叔叔聽了哈哈大笑。

我拿出手機拍了幾張照片，也錄了一小段影片。「你在紐約的朋友們會怎麼說？」我問。

「他們會嫉妒死。」阿泰說，「保證絕對會。」

我們離開擠奶室時，聞到瑪莉嬸嬸在烤漢堡的香味。

阿泰靠過來，驚恐的悄聲問：「我們不會是吃他們以前養來擠奶的奶牛吧？」

「不會啦。」我哈哈笑說，「他們會養食用牛來吃——對了，牠們都是公牛，沒有乳頭。你待會兒吃到的漢堡，絕對不是從店裡買來的。」

「那——應該算不錯吧。」阿泰說，「不過感覺有點怪怪的。」

「為什麼？」我問。

「也許是因為我從來沒仔細想過，牛在……妳知道的……變成漢堡前，長什麼樣子。」

「大部分人大概都不曉得。」

一股微風為我們送來肉香與火氣，阿泰聳聳肩。「我覺得應該瞭解一下。」他說，「但話又說回來——我餓了。」

「我也是。」我說，「漢堡很快就會好了。」

阿泰環顧四周，望著田野和後方的山巒，「嘿，那個池塘是什麼？」

馬克叔叔看著阿泰指的方向，就在穀倉過去的地方。「噢。」他哈哈笑說，「那不算池子，反正不是你會想在裡頭游泳的池塘。那是我們的糞池。」

阿泰皺起鼻子，「真的假的？」

「我們總得有地方放排泄物吧。」馬克叔叔解釋說，「有牛群的地方，就有糞便，牛糞是一種很好的肥料，裡頭含有許多磷，能幫助草料及玉米生長！」

阿泰和我兩人停下腳步，「你剛才說磷嗎？」我問馬克叔叔。

「是啊。」他說，「還有鉀鹽跟氮，能讓土壤保持肥沃。只是我們必須找地方儲放，直到能施用在田裡。」

「噢，嗯……好的，很好。懂了。」我說。什麼都別說，什麼都別說。我瞄著阿泰，心中默默哀求，他看起來跟我一樣訝異。我一直知道糞池的存在，也知道田裡會施肥，但從不知道裡頭含磷。我一直到今年夏天，才知道磷為何物。如果磷對湖水有害，怎會對農地有益？

阿泰和我不能只因為聽到同一個字兩次，就過早論斷。馬克叔叔和瑪莉嬸嬸絕不會破壞楓樹湖，而且他們的糞池離湖水有好幾公里遠。我突然覺得肚子不餓了。

18 磷汙染

第二天我抵達生物站後，走進休息室，發現阿泰和李博士坐在裡頭低聲交談。他們兩人都沒抬頭，我想他們並沒有看到我。

阿泰說話時看著他媽媽，他掌心向上的往前攤舉著，我聽到他片斷的話語：「……真心想做。」以及「我也喜歡這個，可是……」李博士邊聽邊點頭，她抬起一隻手，輕輕撫平阿泰頭上一綹豎起的頭髮。

我緩緩退出休息室，往大廳走。我不想打擾他們談話，便跑去研究楓樹湖的實景模型，湖的周圍，環著迷你版的斜角山和曼山。這個版本的楓樹湖平靜無波，光滑如鏡，沒有波瀾，底下也空無一物。

我聽到腳步聲，轉身看到阿泰從走廊走往大廳。

「噢，雅蒂！」他說，「妳來啦。」

「嗨，呃——我昨晚又做了一些研究。」我真的很想問阿泰跟他媽媽談了什麼，但我也很擔心馬克叔叔說的話……以及我所讀到的資料。

「我也是。」他說，「咱們去電腦室。」

我們把昨天晚上各自看到的網站叫出來，兩人的話很快交疊在一起。

「你有看到這篇跟農業逕流相關的——」

「這篇談到工業化農場，不過——」

「但這篇也談到小型農場——」

「哇，你知道一頭牛，每天能排出三十公斤的糞便嗎？那表示馬克叔叔和瑪莉嬸嬸必須處理……」

我們的聲音一定是有點大，因為不久李博士和戴爾先生便站到門口了，「怎麼回事？」李博士問。

我很想回說「沒事」，但李博士能很快的回答我最想問的問題——是我家人的錯嗎？

「我們昨晚去我叔叔家。」我說。

「是的，」李博士說，「阿泰玩得很開心，再次謝謝妳邀請他。很抱歉我必須工作到很晚，但我很高興阿泰對這裡的活動如此感興趣。」她的聲音比一開始，我剛聽到她跟阿泰說話時柔和多了，我瞥見阿泰對著她微笑。

「問題是——我叔叔說了一件相當詭異的事。」我絞著手，手指緊掐到幾乎快麻掉了。

「他說了什麼？」李博士把頭歪向一邊，阿泰一定還沒跟她說，這點我很感激他。

「呃，記得妳要我們研究磷汙染的原因嗎？」我問。

李博士點點頭，我看出她的眼神略帶憂心，但不知怎的，就是覺得跟她談這問題很安全，挺適合的。

「呃……我家的馬克叔叔說，他家的牛糞拿來施肥很棒，因為裡頭含磷。那個——那個跟妳說的對楓樹湖有害的磷，是同一種磷嗎？」我的心臟在胸口撞擊，我知道那一定是史上最蠢的問題。磷就是磷呀。我真的好希望她說不是，希望她能哈哈笑說「噢，不是啦，當然不是，別擔心。」

可是李博士嘆了口氣，看著戴爾先生，兩人一起走進來，拉過椅子坐到阿泰和我旁邊。

「我們確實很擔心這件事。」戴爾先生說。

「是的。」李博士表示，「來自農場的磷有可能會造成問題。」

我臉上發熱。

也許李博士看出我很緊張，因為她的聲音變得更柔和了，她接著表示：「雅蒂，首先我希望妳瞭解，沒有人認為，農場是汙染楓樹湖的唯一原因，不住在農場裡的人，也能幫忙防範汙染，戴爾先生會請你們去研究那一點。」

「好吧。」我說，但我看得出李博士的話還沒講完，她會緊抿著嘴，皺著眉頭，一定有某種理由。

「不過，這裡是農業密集區，都市建設不多，所以我們確實得檢視各農場所扮演的角色。」李博士接著說。她嘆口氣，「塔莎和杰克找到一些關於本州其他區域，農場水汙染的文章，但願本地的狀況不是那樣。我知道農場對本地經濟非常重要，但隨著時間推移，在特定狀況下，甚至是小型農場，也可能帶來負面的影響。」

「可是我嬸嬸和叔叔的農場不可能是問題的一環，」我說，「他們的農場距離楓樹湖超遠的。」

李博士在我們之間的桌上攤開一份地圖，「我知道妳學過一些分水嶺的知識，但妳以前看過地形圖嗎，雅蒂？」她問。

我想起戴爾先生教過我們不同類型的地圖，這份地圖大部分是綠色的，上面到處布滿著彎彎曲曲的棕色和藍色線條，和一大片藍色的楓樹湖。

「那妳大概知道了。」李博士說，「地形圖顯示地貌的地形特徵——例如，湖泊和河流。它們也會顯示海拔，像這裡如此多山的地區，這點非常重要。」

我看得出彎彎曲曲的棕線似乎從紙頁上將曼山和斜角山往上抬升，顯示它們高於湖面。

「妳能在這張地圖上找到妳嬸嬸和叔叔的農場嗎？」李博士問。

我花了比在一般地圖上更多的時間才找到，因為這一份地圖較不易看出道路與城鎮的名稱，不過最後我還是找到農場的位置了。李博士拿著鉛筆，彎腰在我指出的地點上輕輕畫圈。

「杰克和塔莎已經分析過我們目前找到的數據了，」她說，「看來，湖中磷度最高的地方，就在松河口附近，妳能在地圖上找出松河嗎？」

不久我便找到松河流入楓樹湖的河口了，我開始用手指沿著曲折的藍線往上描。

「繼續循著那條線。」李博士柔聲說，「松河源自哪裡？妳能找到流入松河的小溪嗎？」

我知道河水的上游在何處，我可以看得很清楚。只是我有點想把手指從地圖上拿開，但我知道自己即使那麼做，也無法阻止楓樹湖正在發生的事，最好還是要確認。

松河在地圖上細成一條不比我髮絲粗的細線：當它變成黑水溪時，我的心臟一揪。就是這條黑水溪，流經馬克叔叔和瑪莉嬸嬸家的牧草地，這也是牛群飲用的溪流水。

「可是那未必表示什麼。」我說，「還有很多別的農場，阿泰注意到的糞池，並不在溪邊。」

「糞池無須在溪邊，」李博士說，「磷會附著在土壤裡，或在植物生長期間，被植物吸收，而雨水會把土壤沖入溪床中。」

「可是很多農夫都有設置糞池。」我心臟狂跳的說。

「妳說得對，不僅是你們家的農場而已。」李博士說，「而且我知道，他們的糞池比本郡許多農家的要小，可是松河的源頭確實位於許多濱地郡小農所在的位置附近，而且松河會流入楓樹湖較淺的區域。」

「淺水並不好，對吧？」我問，「我爸媽總說，楓樹湖能保持潔淨，是因為湖很深。」

「是的。」李博士說，「我提到的那些淺水區也相對溫暖，適合更多植物生長，包括吸收磷後，繁茂而生的藻類。」

「不過這樣還是說不通。」我表示，「那些農場一直都在——呃，開了很長一段時間了，為什麼現在才發生這種事？」

「妳說對了一點，楓樹湖大部分區域都很深。」李博士說道，「深度有助它保持潔淨，磷要花很長時間才會積累。不過由於某些農戶擴增了牲口的數量，並竭力栽種，情況就變得更糟了。」

「那我們只須築起一道圍欄，」我說，「阻止土壤流入溪裡就好啦。」

「光靠圍欄是不夠的。」李博士說，「不過有很多不同辦法，可供農人使用。」她談到一個介於農地和溪流之間，所謂「草地緩衝帶」的概念。博士表示，少犁點田，將糞肥掩蓋住，使之遠離水域，並裝置生物分解設備來分解糞肥，都會有所幫助。李博士說話時，我的腦子一片空白，她有些話聽起來像在散發靜電。我是不是該提農場的事？但話又說回來，李博士遲早會知道吧？

「其實就是要換一套更大的系統罷了，」李博士說，「因為我們對土地用度更大，所以就得在適當的地方對土地進行保護。」

「聽起來好像動作很大。」我覺得舌頭打結，喉嚨發乾。「我的意思是——這些得花多少錢？」

李博士清了清喉頭，「那是個很棒的問題，雅蒂。我們確實有可以協助農戶裝設環境友善設備的國家資金，可是——」她停頓住，看了看戴爾先生，這下換老師清喉嚨了。

「這……呃……這件事未必那麼容易，」他說，「我們無法保證，農戶不須自掏腰包做這些改變。」

戴爾先生探向前，雙手抵成一個尖頂，「雅蒂，」他說，「我知道這件事不僅對你們家人是件大事，對很多濱地郡的家庭也是。我非常重視此事。」他抬頭看向李博士，「我們都很重視這件事。」

李博士點頭說：「我們真的很重視。」

我頹坐回椅子上，心中五味雜陳，家裡的人或許也參與了楓樹湖的破壞，這令我羞愧不已，但同時又非常害怕。我常在莉莎家過夜，會聽到馬克叔叔和瑪莉嬸嬸在廚房裡談話，他們以為所有家人都睡著後，會討論帳單的事。有次我看著莉莎極力豎耳，隔著暖氣孔偷聽他們說話。莉莎的嘴抿成一條直線，眉頭深鎖，我知道當我躺在家中床上，聆聽我爸媽的聲音說著差不多的事情時，也是那副表情。也許大家在遇到無法解決的問題時，都是那種神情吧。

「妳何不去湖上再採個樣？」李博士問，「你們可以去松河河口採一瓶水回來，我可以幫妳分析，然後讓妳看看採樣數據，拿它與楓樹湖其他地區比較結果。」

能離開辦公室似乎很棒，雖說李博士一直很和善，但她所說的磷、農場等一切，卻壓得人喘不過氣來。

大廳在旋轉，但我用手扶住椅背，顫顫的吸了一口氣。走出這道門就對了，我告訴自己。阿泰和我原本打算調查第三道線索，可是此時我覺得自己像涉在深沙，滯礙難行，而且滑偏了。我緊緊閉上眼睛。

走出大門，我再次告訴自己，去湖上。

現在我們知道汙染楓樹湖的潛在原因了，李博士也許不必再派我們乘船出湖了，現在說不定就是我們的最後一次機會。

19 湖上的火花島

「媽呀。」阿泰靠在船上的坐位上說，「幸好我們離開辦公室了。」

回到水上感覺確實很棒，可是當你心情灰寒時，看著明媚的陽光在水上閃爍如鑽時，卻令人覺得殘酷。今天是大熱天，我們衣服底下都穿好泳衣了，以便晚些可以游泳。

我讓駕駛盤在手指下滑繞，讓船身跑出弧線，四周水花飛濺。

「妳拿手指從松河描往黑水溪時，」阿泰說，「妳整個臉都白了，一副快昏過去的樣子。妳還好嗎？」

「我只是無法相信楓樹湖遭到汙染罷了。」我說。

我放緩船速，然後關掉馬達。埃莫斯在淺灘戲水的景像映入眼簾，淚水湧上我眼中。

「我不想要改變。」我哽咽的說，不單是因為我熱愛駕駛船，或因為我想繼續釣魚，而是保持楓樹湖原本的樣子，會讓我覺得也留住了埃莫斯。

「湖水遭到汙染我好難過。」我接著說。我很難跟阿泰解釋清楚，但我必須試試，

「只是，還有……我不願意相信真的會是我們家的錯。我們在楓樹湖區住了這麼久，你

知道嗎？世世代代的，我總覺得我們應該比戴爾先生或你母親或任何人，都更瞭解楓樹湖。」

「哇，妳的口氣跟達倫好像。」阿泰說。

我的心掉到胃裡，「沒有，才沒有，那不是我的意思——」我才開口，阿泰便抬起手，靜靜的說。

「達倫也不願相信非本地人能屬於這裡，或知道任何關於楓樹湖的事，」他說，「不是嗎？」

我不想承認，卻點了頭。

「也許他是有點道理的。」阿泰說。

我搖搖頭，「不，他的話沒道理，我想連他自己都知道。」

「我只是想說，有的時候，人並不想面對自己的錯。」阿泰表示，「有時必須有不同角度的人，才能看出哪裡需要改變。」

「你是說，只因為我在楓樹湖附近長大，我就無法幫忙彌補問題嗎？」我望向水面彼端的湖岸。

「不是。」阿泰說，「我的意思是，妳當然很關心楓樹湖，但也因為如此，才很難接受不是嗎？假如我媽一開始跟妳說楓樹湖受到汙染，妳肯相信她嗎？」

「我連戴爾先生都不信了，」我坦承說，「我不願意相信。」

「但妳現在相信了，對嗎？」阿泰說。

我點點頭，我當然相信，我都看到證據了。

「所以妳若知道那是錯的，就可以幫忙修補。」阿泰看著我，眼神耐心而平靜，「事情就是那樣辦的。」

「可是我很愛我的家人。」我說，「還有，我愛那座農場，我很難接受農場破壞了楓樹湖。」

阿泰攤掌伸出手，我伸手用力握住他的手。

鬆手後，阿泰再次柔聲說，「妳已經盡力了，妳知道嗎？」

但願那是真的。

今天的風好輕，我不必擔心船會亂飄。船身只稍稍搖晃，然後傾向一側，因為阿泰拿著採樣瓶，把身子探到船外。他在船沿邊靠穩，清洗瓶子，並將瓶子裝滿。

「妳當然擔心了。」他說，「妳叔叔的糞池不就在小溪附近的草地上嗎？看起來他可能要做大幅改變了。妳覺得呢？」

我打著顫，不願再多談磷的問題。我們讀的報告內容，一整個早上都在我腦子裡轉：覆蓋作物、下坡地表水……我想像爺爺用寬大的肩膀抵在貝絲身上，兩手快速動作，為阿泰示範擠奶的樣子。

「我想——」我停住話，看著沿岸倏然劃過的林子，我推著油門，把船轉向大熊岩，讓船側俐落的切穿水面，激起一道黑浪，潔淨的水珠四下飛濺。大約在離大熊岩三公尺的地方，我緩下船速，然後停船，看著阿泰。

「真的要做大改動，」我說，「改變他們存放糞肥的地點、儲存方式、減少施用糞肥、種植不同的作物、少耕點田……」我的心臟亂跳，我從阿泰身上別開眼神，望向在水面上的墨綠山巒。

阿泰搭住我的肩，「會沒事的。」他說，「戴爾先生說過，有很多辦法找輔助金，何況，楓樹湖難道不值得保護嗎？」

我當然想保護楓樹湖了，但我也希望能保護農場。

「我們會想出辦法的。」阿泰說，「而且，嘿——」他指著船外，「我們就快到大熊岩了，要不要查看一下第三道線索——水裡的形影？」

埃莫斯的魔法論雖然說不通，但此時此刻，我寧可想著那隻水怪，以及如何找到這隻存滅不明的東西，也不願多想馬克叔叔的糞池位址，或他得怎麼做，才能亡羊補牢。

「好吧。」我說，「你能幫我下錨嗎？我不想離得太近——這邊水很快就變淺了，而且水勢較險，我們得用游的。」

「咦，我還以為我們待會才要游泳。」阿泰說，「像是從陸上游到湖裡。記得戴爾先生的話嗎？他說要待在船上。」

我搖搖頭，「我知道我們不該游泳，」我說，「可是如果想找那條線索，這次我們就不能待在船上。」我抬起船錨，錨輕輕碰的一聲，落入水中。這次它能將船固定住嗎？我既希望可以固定住，又希望能找到另一個理由去相信水怪的存在。「我們會一直穿著救生衣，沒什麼好擔心的。」

「妳說了算！」阿泰很興奮，他走向船後的小平臺，站穩腳，前後來回搖晃，然後尖叫著跳入水裡，他的身體四周濺起水花。

我屏息看阿泰在水面載浮載沉，嘰哩呱啦的喊道：「太酷了！」他大聲喊說：「該妳啦！」

我把泳梯掛到船側，然後開始一階一階的往下走。

「唉呀，拜託好不好！」阿泰大喊，「妳得用跳的！」

我咬咬唇，死不下水，小小的水浪搔著我的腳跟，這是自去年夏天後，我第一次回到深水區，真真正正的游泳，當時埃莫斯還活著。

「不必，謝了。」我說。

泳梯是讓人上下船，出入水裡方便用的，確實好用；但梯子僅以彎頂鈎掛在船側，加上攀爬時得用自己的雙臂施壓，將梯子緊固住，以免梯子滑動，如果鬆開一隻手，梯子便會歪到一側，人就會整個失衡。到了一定點，你只能放開手，讓水來承載你的身體。

水冰冷到害我倒抽口氣。

「來呀！」阿泰說，「過來這邊！」他奮力朝大熊岩划了幾下。

我吸口氣，扭身背仰著，凝望白熱的天空，讓身體在水上漂浮。有那麼一瞬間，我可以假裝埃莫斯就在那兒，在視線之外的地方仰漂著。

「快來！」阿泰又在大呼小叫了，「妳太慢了，雅蒂！」

游泳的好處是，我可以用力搓揉眼睛，假裝那只是湖水。「來啦！」我喊說，「囉嗦死了！」

我深吸口氣，翻回正面，然後朝岩石游過去。等我超過阿泰停下來時，他瞠目結舌的說。

「妳游得好快。」

「穿這麼笨重的救生衣才游不快。」我笨拙的聳聳肩說，「不過我在這座湖裡游一輩子了。」

「還是很令人讚嘆。」阿泰說。

大熊石又大又平，棕中帶粉，上頭滿是水晶，在陽光下爍爍發光。阿泰和我攀上巨岩，坐下來拼命喘氣。

「所以我們要從哪裡找起？」阿泰問。

「不知道。」但願我看到時，能辨視出自己要找的東西。「埃莫斯只說，在湖中央某個地方。」

「我想我們會知道吧。」阿泰說。

陽光炎熱刺眼，我攤開手掌為眼睛遮陽，就在湖中心，陽光射成一條寬帶。

「我跟你說過火花島的事嗎？」我問。

「沒有。」阿泰說，「火花島在哪裡？」

「就在那兒。」我指著光條說，照在細波上的陽光如此濃烈，彷彿我們能跳出去在上頭行走。

「那是埃莫斯的線索之一嗎？」阿泰問。

我搖搖頭，「不是，火花島是我爸爸跟我們說的，不是實物——呃，我的意思是，大部分的人都不認為那是真的——火花島就像海市蜃樓。每次陽光充盈的照在湖的遠處，就會使水面看起來像實體，那就是火花島了。所以火花島可以在任何地方，在任何湖上，甚至能出現在天池。」

「嗯，」阿泰說，「我猜我大概明白埃莫斯為何會那樣了。」

「會怎樣？」我問。

「會喜歡魔法，」阿泰說，「聽起來，妳老爸也有同樣的品味。」

接著回憶翻湧而至：埃莫斯和我還很小的時候，跟爸爸坐在船上，媽媽也在，她的頭往後靠在船首，晒著太陽。

「那是真正的島嗎，爸爸？」我聽到埃莫斯問。

爸爸的嘴抽成一彎淺笑，「你覺得呢？兒子。」我望著湖水，像此刻一樣。用手擋去眼上的陽光，心想，不知踏在那道光上，是何種感覺。

埃莫斯慢慢點頭，「我們去那裡，」他說，「我想在上頭走。」

爸爸聽了哈哈大笑，然後揉著埃莫斯的頭髮，「火花島不是那樣玩的，孩子。」

媽媽坐起身，笑著對埃莫斯伸出手，「爸爸說得對，親愛的。」她說，「你愈靠近火花島，就愈不容易看到它。」

「如果是真的，」爸爸說，「也沒辦法明確知道，因為你一靠近，島就散掉了。」

埃莫斯搖著頭，「我覺得是真的，」他說，「等我長大後，我要去找火花島。」

媽媽揚聲大笑，「除非你能連續踩水五分鐘，至少能一口氣游過半個楓樹湖，」她說，「我會幫你計時。到時你就可以去尋找火花島了。」

通常埃莫斯會笑著跟媽媽擊掌，彼此說定，可是那回他沒有擊掌。埃莫斯皺著臉，極力思索，然後靠在船上，望著火花島，他用手托著下巴，頭歪向一邊，像似在聆聽遠方的動靜。

即使是現在，我大概可稍微懂得他的感受。當你覺得空虛時，那個光亮可以撫平你，可是你想離它愈近，它就會離你愈遠。

阿泰拍拍我的肩膀，「嘿，雅蒂。」他啞聲低語，「嘿。」

我意識到自己閉著眼睛，心中滿是回憶。

「妳看。」他提高聲說。

我張開眼睛，我所看到的火花島，跟以前爸爸所指出來的，甚至是我從小到大在楓樹湖上看到的都不一樣。而不同之處，就在於湖中央的形狀。我張開嘴，卻說不出話。

「是那個嗎？」阿泰目不轉睛的盯著水面問，「埃莫斯到底看到什麼？那就是水怪嗎？」

我一下子說不出話來，只是看著一片燦若星芒的深藍，穿過點點亮光。一開始，銀藍色的形狀似乎擴散開來，接著又重新聚合，並緩緩升起；深藍被湖水圍繞，四周是游移閃晃如螢火的點點水光。

我雖無法解釋眼下所見，卻並不覺得害怕。我記得有一次埃莫斯試圖帶著我看，但這次它看起來不太一樣，變得更大，而且還會放光。那東西有形狀、弧度，且十分平滑。是脖子嗎？牠的動作如此優雅，宛如舞者。牠潛下去，鑽入燦光之中，但這次牠沒有消失，又浮升上來了。接著牠似乎轉了身，像是看著我們，接著我看到兩側有兩個黑點，是眼睛嗎？我還未做出定論，那東西又潛下去，被光點掩蓋住了。我數了五下深呼吸，等候牠再次出現，卻毫無結果。火花島移回原處了，真實如幻。

「是的。」我終於輕聲說，連自己都不確定說出聲了，但阿泰扭頭看我，所以我知道他聽見了，「就是那個。」

阿泰點點頭，「我想也是。」他說，「好美啊，讓我想到中國過年的情形——不過是靜音模式。」

「真的嗎？」我以前聽過中國新年，時間比我們美國過年更晚，而且我很喜歡他們過的是依月亮盈缺的農曆年。

「噢，我的天，妳絕對沒見過那種煙花。」阿泰說，「到處是噴射的火樹銀花，彩色繽紛，太壯觀了。如果妳能到中國某個城市，然後從公寓窗口觀看，便會覺得整個世界像一場盛大的彩光秀，實在是太……喜慶熱鬧了。」

「我真的好希望有一天能去看看。」我說，「不過剛才那些光——並不像煙火那般熱鬧，而且只有一種顏色，或許有兩種。」

「我知道，」阿泰的語氣，依舊像見到某種不可思議的東西，「但感覺不知怎的，還是一樣壯觀。」

然後我們兩人靜靜坐了一會兒，看著水面。我等待那形狀再次出現，但我確實見過一次，也許那樣就夠了。

等我們游回船上，我坐到駕駛座，盯著湖水，試圖釐清一切。

「我簡直不敢相信。」阿泰搖著頭，瞪大眼睛說。

「我也是。」我的心臟重重的敲擊，「我不知道究竟能證實什麼，但埃莫斯寫下的那些線索——他不是唯一能看見的人。」

「妳打算把牠記錄下來，對吧？」阿泰問。

我慢慢拿出筆記，開始書寫。接著我翻閱所有我寫在埃莫斯筆記旁的文字，他的字就在我的字旁邊，就好像我們兩個人在對話。

「我在想水怪的事。」阿泰打破沉默說，「以及我媽媽說的一切，我在想……妳認為，那水怪可能跟汙染有關係嗎？」

「我想……我想，若真的有水怪，那也是楓樹湖的一部分。」我說，「非常重要的一部分，但也是神祕難解的一部分，不是每個人都會知道。連你媽媽都說了，你很難確知每一件事。」

「我懂，」阿泰表示，「還記得我的科學方法吧？我們到底要不要分享我們手上的資訊？」

我不知道如何回答，一開始我沉默不語，任思緒攪動，最後才說出迄今為止，我覺得唯一合理的事。「我們在船上，跟那水怪所發生的事……我還是認為應該是我們兩人的祕密。分享——不就是為了讓人們能有機會修正問題嗎？」

「差不多是那樣的意思。」阿泰說。

「假如真的有水怪，」我答道，「那麼水怪並不是問題，牠只是試圖讓我們看見問題罷了。所以我覺得，我們必須分享我們所知的汙染資訊，至於水怪——」我頓了一下，「或不管牠是什麼——那只是我們的，某個我和埃莫斯……如今又加上你——是我們之間的事。」

「聽起來不是很科學。」阿泰用嘲弄的語氣說，「妳到底怎麼了？」

「我知道，我知道。」我說，「可是人不能不懂變通吧。」

阿泰聳聳肩，「我從沒說過人不能變通。」他說，「我的意思是，妳也知道，我從來沒對科學這麼感興趣，以前我老覺得科學無聊，可是做這些研究，其實蠻酷的，我只是比較慢熱罷了。」

我則是過了一陣子後才瞭解到，我可以相信科學，但不必放棄想像的世界。

20 家族的困境

阿泰和我把船繫妥，然後走上岸，我們的腳在沙上印出淺軟的印子。我們已經用毛巾擦乾身體，把衣服套回泳衣上了。也因為我們在太陽底下待得夠久，所以下水時弄溼的肩膀和髮上的小水珠都晒乾了。

我深吸一口氣，「我們可以先別進屋，在這裡待一會兒嗎？」

「當然可以。」阿泰坐到沙灘上，用手環住膝蓋，我坐到他旁邊。

當你發現，你可以安靜的跟某個人同處時，那個人就真的是你的朋友了。陪阿泰聽水聲，我的心情又平復下來了。

當阿泰打破沉寂時，我知道他已經忍一陣子了。

「我稍早之前跟我媽談過。」他說。

「是嗎？」我試著不顯露自己已經知道了——我很高興由他來告訴我。

「我跟她說了實話，」阿泰表示，「關於足球的事。」他的語氣聽起來很平靜、堅定。

「她怎麼說？」我問。

「其實還滿好的。」阿泰說，「她真的有聽進去，她跟我說，我這個暑假表現得很好，她……她沒有說不，我的意思是，沒說不許我參加球隊，她甚至說，想抽空去看我踢球。」

「阿泰，那太棒了。」我說，「似乎是很棒的開始。」

「是啊，」阿泰回道，「看來我老爸還是說對了。」

我為阿泰感到高興，媽媽和我或許也需要那樣的對談。

我好希望能永遠坐在這裡，可是還有事要做。我站起來，拍掉腿上的沙子。

「該去面對磷了。」阿泰正色說，像是讀透了我的心。

我們拖著保冷箱回到實驗室，戴爾先生示意要我們走進李博士的辦公室。「我們開個會，很快。」他說。

李博士、塔莎和杰克從文件堆裡抬起頭，「哈囉，阿泰和雅蒂。」李博士說，「採樣採得如何？」

「我成功採到樣了，沒掉進湖裡。」阿泰一臉嚴肅的說，隻字不提跳進湖裡的事。

「謝天謝地。」李博士按了按阿泰的肩膀，他抬頭看著李博士，然後笑了。

李博士對我們調查水怪一事會怎麼想？但話又說回來，我用的是科學方法，只是我借它來尋找某種魔幻之物罷了。不過就連李博士也相信，科學無法解釋一切。

接著我意識回來，又聽到李博士在說話了，我在椅子上坐直。「……太多宣傳了，」她說，「但喚起大眾意識是很重要的。」戴爾先生點著頭，他看向我和阿泰。

「聽起來如何？」他問。

「呃——」阿泰顯然在拖延，「這問題就交給雅蒂了。」

「對不起，」我說，「我，呃——沒聽到你們說什麼。」

戴爾先生探向前。「我們要進行科學方法的最後階段，」他說，「阿泰很聰明的將它稱為『分享』。現在我們找到確切的發現了，我們覺得應該釋出一些訊息，那樣會有助於啟動問題並解決它，而同時間，杰克和塔莎會繼續追查其他的假設，且監視楓樹湖分水嶺的地點。」

我整個人都傻了，後來才意會到，戴爾先生要我大聲點回答。我只能把他說出來的話再變成問題：「釋出一些訊息？」

「我們想在《先鋒報》上發表一篇探討磷汙染的文章。」李博士說，「解釋汙染的不同原因，以及必須採取何種行動，才能拯救楓樹湖。我們覺得若能由少年科學家——妳和阿泰兩人——來分享你們的觀點，會非常有力。」

我握緊雙手，《先鋒報》是本郡唯一的報紙，而且還獲得各種大獎，是很棒的一份報紙。無論《先鋒報》上刊登什麼，基本上我認識的每個人，最後都會讀到或至少聽到。

「我們非寫源自農場的汙染不可嗎？」希望李博士沒聽出我的聲音在發顫。

「文章中一定會包含那個部分。」李博士說，「很適合放在報上的〈少年之音〉版裡。」

戴爾先生插話說：「妳以前讀過那個版面，對吧，雅蒂？」

我當然讀過，通常看某人的文章、藝術品、議論或歌曲評論，去年莉莎有幅素描就登上了〈少年之音〉。

「這是總結你們研究成果的極佳方式。」戴爾先生接著說，他定定看著我，語氣十分謹慎。「雅蒂，身為科學家，妳必須思索研究過程的最後一道步驟——分享，以及妳想用手邊的資訊做什麼。」

我渾身僵硬，有人能看出我的手指寒如冰水嗎？光想到把自己的名字放到報上的文章，就令我很想游到大熊岩，留在那裡，直到李博士和戴爾先生忘掉他們最初曾要我來當少年科學家的事。

戴爾先生側著頭看著我，再次張嘴，然後又閉上。也許他知道我心中所想的事，說不定還知道為何冰冷會竄遍我全身。文章一登上《先鋒報》，便無法撤回來了，而且家家戶戶的客廳裡都有《先鋒報》，每家都有。戴爾先生很清楚那點，假如我寫了一篇討論農場汙染的文章，整個郡的人都會覺得我選擇了楓樹湖，背棄自己的家族——不是嗎？

「太好了！」阿泰說，「等報紙出刊後，我們能辦簽名會嗎？例如，在泰迪的店外頭？」

我咬著牙，「我不要寫。」我說。我知道自己一直想討論楓樹湖出現的狀況，但這會兒聽到可能會對我認識的人、對家人產生什麼影響後，我便躊躇不前了。

「不會有事的，雅蒂。」阿泰往後靠在椅子上，用指尖旋著足球。「我們讀了那麼多關於磷的資料，可以幫報紙寫點東西，而且兩三下就能寫好了。」

「你說得容易，」我顫聲說，「暑假結束，你只要拍拍屁股回紐約，把事情拋在腦後就成了，而我，我可是住在這裡的。」

李博士搭著我的肩，手勁既溫柔又堅定。「這不容易，」她說，「我知道很難，相信我，可是想想最終的目標吧。我們想幫助楓樹湖，而且我們很關心楓樹湖附近的居民，會有辦法平衡這兩種需求的，可是必須從手邊有的資訊開始著手。」

大多時候，我不會想到阿泰和我來自不同地方，過著不同的生活。大多時間，我們身在當下便足夠了：在船上，看著楓樹湖，為某些事而歡笑，或只是靜靜待著。可是現在，我覺得我們兩人的椅子之間有一大段距離，而擠在那個空間裡的，是一件事實──阿泰不是在這裡長大的。如果他生長在這裡，就會瞭解李博士和戴爾先生是在要求我們做一件極其艱難的事。

戴爾先生清清喉嚨，「雅蒂，」他說，「我知道為《先鋒報》寫東西是大事，但我們需要喚起大家的意識，這是開始解決問題的最佳途徑，妳有絕佳的機會為農民倡議，並展現妳的支持，同時談論如何幫助楓樹湖。」

淚水刺痛我的眼睛，即使我不幫〈少年之音〉寫稿，我也想知道事情一旦公諸於世，我的家人會遭遇什麼。政府可能因此祭出的新規定，然後對馬克叔叔和瑪莉嬸嬸造成什麼樣的影響？他們會被迫停止農作嗎？無論發生什麼事，我都難辭其咎，因為我是這項計畫中的一分子。我們遵循科學方法，可是進度卻太快了，我必須做出自己毫無準備的決定。現在我只知道自己必須離開，我以最快速度衝出房門，奔下通往沙灘的短階。

太陽依然炎熱，我的皮膚上還留著喜歡親近水的鮮明記憶，我覺得把身上的T恤、短褲和手機留在沙灘上，穿著泳衣直接走到水深及膝之處，感覺挺自然的。然而我的皮膚還是冷到覺得刺寒，湖水輕柔的在我腿邊流繞，我想起以前那個笑容滿面、潑著水玩的媽媽——但願我能為此而融化。我閉起眼睛，把雙臂舉成V字型，然後潛入水中。我一來到水底下，寒意便擴散到全身，但奇怪的是，感覺也很好，就像整個人醒了過來。

上方的水已經補滿我潛入時的空隙了，就像我從來不曾待在水上。你當時知道嗎？埃莫斯。我心想，你知道你會就這樣消失嗎？你知道自己會沉得太深，深到我無法將你拉出來？然後留下我獨自一個人，拚命解決你留下來的謎題，而且還添加另一個問題嗎？

我衝回水面，吸了口氣。我哭著擦去水與眼中的淚。水底下所有東西都是暗的，但水面上的陽光卻如此明亮，而且不斷的放出光芒。

他們穿著厚厚的潛水衣，戴著氧氣筒，潛下去才找到埃莫斯。一艘黃色救生艇飄在薄冰上，他們捶擊他的胸口，埃莫斯皮膚發藍，媽媽跪地哭嚎，爸爸雙手掩面。很抱歉，可是我們沒辦法——我搖著頭，又搖著頭，怎麼也停不下來。

我哭到噎著，你在哪裡？埃莫斯。我心想，你怎麼留下我一個人。我受不了他的離開，受不了他做出讓自己死去的事。我站在楓樹湖裡，一個人瑟瑟發抖，而且還背負了一個我不知如何解決的問題。

我好希望埃莫斯在，不單是因為埃莫斯會知道如何面對馬克叔叔，以及磷與一切問題，也因為在這種節骨眼上——當我需要他幫忙時——更令我想起，沒有埃莫斯，我彷彿空了一半。

我牙齒打顫，突然冷到受不了。我開始走向岸邊，湖水打在我身上，注滿我向前走動時所劃出的空間。我拖著腳走在湖底的沙上，抵抗水的壓力。

阿泰腋下夾著一條毛巾，在沙灘上等候，他默默遞上毛巾，我不想接，但臂膀上拼命起雞皮疙瘩。最後，我還是接過毛巾圍住肩膀，然後坐到一根枯木上，牙齒顫得抖抖簌簌，聲音聽起來像不斷掉落的大頭針。

阿泰坐到我旁邊，像冰川在鑿碎山石的滑動前，那般靜止不動。我僅聽得見自己喘促不勻的呼吸聲，以及細浪涮涮的拍打岸邊聲，浪聲聽來如此柔和，我卻深知那只是其中一面。

「雅蒂。」阿泰說。

我用毛巾一角擦拭眼睛，然後看著他。

他聲音一軟，「妳願意告訴我，妳哥哥是怎麼死的嗎？」

我抬頭望著雄偉蒼翠，覆滿雪松與岩石的曼山，想像冰川緩慢的在山中推擠，然後又一滴滴融化的情形。

「他是溺死的。」我說，「四個月前，淹死在這座湖裡。」

阿泰點點頭，彷彿一直都知道，他什麼都沒說，卻往我挪近，一手攬住我的肩。我們就那樣坐著，湖水湧入，一而再，再而三。我感到一股溫暖的力量將我緊擁，我分不清是來自埃莫斯，還是阿泰的臂膀。

「妳很愛楓樹湖，是吧？」阿泰語氣凝重，但帶著柔意，「妳希望隨時能在湖中游泳，對嗎？難道妳不希望小朋友也都能在湖裡游泳嗎？」

「我當然希望。」我說。

「聽我說，」阿泰表示，「妳該去看看中國，那真是個美麗的國家，我很愛去那兒，而且我希望將來能在那裡住一陣子。」他深深吸口氣，然後望著楓樹湖，「可是你很難相信那裡的水汙染有多嚴重，我想，我媽媽那麼拼命想改善這裡的水質，其中一個原因是，也許她能從這裡找到一些方法，協助清理中國那邊的水域。」

「真的嗎？」我問。

「相當嚴重，」他說，「中國的地下水最近有一半以上得到負評，我媽媽跟我說，好像不適合人類飲用什麼的。」

阿泰掏出手機點著螢幕，「妳看這個。」他滑著照片說，「這是北京，中國首都。我爸媽搬到美國之前，在那裡住過幾年。我們去探望外公、外婆時，都會先飛到北京，那是個很棒的都市，但那裡也有像這樣的情況。」

我的下巴差點掉下來了，我看到被垃圾堵塞的湖泊，和一大片死魚屍體。

「中國人口真的很多，」他說，「每天都在蓋新大樓，結果就發生這種事了。現在人們試圖返璞歸真，釐清問題，找出解決的辦法。」

我搖著頭，「我從沒看過那樣的情況。」

「這裡跟那邊很不一樣，」阿泰說，「但佛蒙特就是一個比較偏僻的地方，這裡幾乎沒什麼人——別生氣啊，我不是像之前講的『什麼都沒有』的意思。我覺得這裡很美，而且我喜歡這裡的人。」他輕輕戳了一下我的手臂。

我也戳回去。

「反正啦，」他接著說，「地廣人稀，並不表示你們不會對這片土地和水域造成影響。」

「我知道，我看到地圖了，可是……就是怪怪的。像馬克叔叔和瑪莉嬸嬸那樣的農場，怎麼可能破壞楓樹湖？」我說，「你媽媽甚至還說，他們的農場很小。」

「那只表示也許要花更久的時間才會造成汙染，」阿泰說，「妳想當科學家，科學家要維護大自然，總得有人出面這麼做。」

也許我根本辦不到。

「妳叔叔和嬸嬸會願意幫忙的。」阿泰接著說，「如果他們家或別人家的農場真的有問題，他們一定會想辦法。」

「可是這也得站在酪農的立場上想才公平，」我說，「楓樹湖對他們來說很重要，但農場也是。而且農業對我們整個郡都非常重要，記得我跟你說過，務農有多難糊口吧？」

「記得，」阿泰說，「而且我知道許多乳牛場因此被賣掉了。我媽告訴我的。」

「非常難的，」我說，「佛蒙特需要農人，但我們愈是為難農場，務農的人就會愈少。」

我真的不知道這件事究竟會有多困難。

我的手機響了，看到是莉莎傳來的簡訊後，我的胃都揪了。

再兩個禮拜！她寫道，**妳今晚要過來跟小皮蛋練習嗎？**

我知道自己應該過去，因為市集的時間就快來了，也許見到小皮蛋後，我的思緒會比較清晰。可是在這個當下，想到要去農場，告訴莉莎和她爸媽磷汙染的事，我就覺得難以承受，但是藏著不告訴他們，感覺一樣糟糕。

我知道自己的回應不是很好，但我只能做到這樣了。

也許吧，我這樣想。

21 水怪的身影

我們把車開到露天市場時，阿泰瞪大了眼睛，我想，對於一個從未來過這兒的人而言，市集有太多東西可以看了：併排停放在廣場上的泥濘大貨車，排隊進出紅色穀倉的人龍、旋轉的巨大摩天輪、雕塑比賽上嗡嗡作響的電鋸和四處噴濺的木屑，偶爾會有裝飾著彩帶的騎士，牽著他的馬匹朝競技場走去。

「我要去看牽引機拖重賽。」我們停好車後，老爸朝著大看臺點點頭說。

「我就知道。」我說，那是老爸的最愛，「但我們想去玩遊樂設施。」

我從來不愛看牽引機拖重賽，因為引擎吵得要命，空氣中會噴著大量煙氣，還有汽油的臭味。埃莫斯很喜歡看，但我總是溜去買棉花糖。爸爸似乎頗失望，我覺得好罪惡——他不該一個人去。

但老爸似乎看穿我的心意了。「我會跟幾位同事在那邊會合，」他說，「他們應該已經找到位置了。」老爸對我眨眨眼，「好好去玩，待會兒在酪農展上見，對吧？」他看看錶，「十一點嗎？不過妳會在十一點前去看藝術展吧？」

老爸的體貼害我有些心疼，「是的。」我說，然後目送他垂著一對寬肩，步行離開。

「妳對酪農展的事，好像不是特別開心。」阿泰說。

昨晚我去了莉莎家，但時間很晚了，我跟她說，我只有十五分鐘能練習，因為老爸得離開。但我也告訴老爸說，莉莎只需要十五分鐘。我跟小皮蛋練動作時，整段時間都揪著胃，我看小皮蛋的眼光有點不同了，牠只是個寶寶，但馬克叔叔和瑪莉嬸嬸保證說，有一天她會成為他們牛群裡的一員。那表示，小皮蛋最後也會成為磷汙染的凶手嗎？

「妳怎麼怪怪的，雅蒂。」莉莎瞇起眼睛瞥著我說，此時，阿泰也用同樣的眼神看我。

「我沒事。」我告訴阿泰，但我還沒有為酪農展做好準備，而且我隱瞞莉莎的愧疚感重重的壓著我。我決定改變話題，「你吃過炸麵糰嗎？」

「也許以前在康尼島吃過一回。」阿泰說，「老實說，這地方讓我想起了那一次，只不過這裡沒那麼擠，雖然牲口動物比較多，但我可以好好的呼吸。」

皮爾斯太太的炸麵糰是最讚的，她每年都會擺攤，我從不錯失吃的機會。所有人都知道她的麵糰超好吃，所以我們得排一下隊，等我們排到前面時，我已經在流口水了。

「嗨，雅蒂！」皮爾斯太太說，她從我很小的時候就認識我了；她女兒和我在學校只差一個年級，「都還好嗎？」

「嗨，皮爾斯太太。」我說，「我很好。」單一句話，竟能讓所有複雜的事情變得簡單。

「妳這個暑假都在幹什麼呀？」她問。

「我跟戴爾先生在楓樹湖工作。」我說，「還有幾位科學家，例如，阿泰的母親。」

阿泰揮揮手，皮爾斯太太對他露出溫暖的笑容。

可是當她看著我時，卻揚起眉毛，「楓樹湖？」我知道她想到埃莫斯。

我點點頭，一邊思索該如何擺脫這場對話。皮爾斯太太的哥哥、嫂嫂，在鎮上經營一間較大的酪農場，我根本不願多想他們那裡的的磷汙染。

皮爾斯太太饒過我了，「不錯嘛，孩子。」她柔聲說，「所以妳想吃什麼？」

「麻煩做兩份炸麵糰加楓糖漿，謝謝，皮爾斯太太。」我看到她撈起一些炸麵糰的碎片，放到小紙盒裡。

阿泰把撒著楓糖漿的麵糰塞進嘴裡，看起來挺開心的，他閉上眼睛，一副很享受的樣子。

「這裡有摩天輪嗎？」他問，眼睛依然閉著，也許因此才沒看到九十公尺外的大摩天輪。

「咱們走。」我大聲笑說，「你可以從摩天輪頂看到楓樹湖。」

我轉身帶他往摩天輪走時，一頭撞到正往反方向走的達倫。

「噢，呃——嗨。」我說。達倫朝我點點頭，然後對阿泰點頭。

「還好嗎？」達倫問。

「我們正要去搭摩天輪，」我說，「你跟你哥哥今年要參加衝撞賽車嗎？」

「要啊！今年有一部好車。」達倫的襯衫和靴子沾了些乾草，他一直在割晒牧草，有時我也會幫馬克叔叔和瑪莉嬸嬸弄乾草，知道那是個一份出力出汗，渾身熱黏，無休無止的工作。

衝撞賽車是市集最受歡迎的活動之一，大家會弄一部老車，取下所有的玻璃，然後漆上各種顏色，再把車子開到一條寬大的泥土路上，開車彼此相撞，誰的車子撐最久，誰就贏得比賽。

聽起來或許挺危險的，但大家都愛死了。達倫還太小，無法開車，但他真的超愛幫他老哥準備車子。記得兩年前，我跟埃莫斯跑去他家，達倫一臉驕傲的帶我去看他老哥如何把一整臺車子交給他上漆。

「嘿，達倫。」阿泰說，「雅蒂跟我說，你常待在楓樹湖上，不僅只是在家準備衝撞賽車。」

我很快瞥了阿泰一眼，試圖掩飾心中的訝異。我根本不記得有那樣跟他說過。

達倫的臉有點紅，「是啊。」他說。

「我覺得若能跟你一起搭船，應該很酷。」阿泰說，「你可以為我們示範你的釣魚絕技，我們可以跟你多說一些楓樹湖遭到汙染的事，這樣你就知道自己看到什麼了。」

達倫瞪大眼睛，我心想，上次有人邀他一起玩，不知是哪一年的事了。

「好啊，」達倫都快笑了。他踢著地面，然後輕聲說了句話，我差點聽不見，他說：「以前我會跟埃莫斯一起搭船。」

我也記得，以前我跟莉莎在一起時，老爸就會帶男孩們一起出遊。

「我的釣竿不是很好，」達倫略揚起聲說，「打折時買的便宜竿子，埃莫斯總是拿他的跟我交換，他說反正他的竿子玩膩了，每次用都覺得無趣，他想要用更有挑戰性的竿子。」

達倫自顧自的笑著，然後深深吸一口氣。淚水模糊了我的眼。

達倫再次說話時，聲音似乎有點沙啞，彷彿說得有些勉強。「他的竿子超棒的，不是那種讓人用起來會覺得無趣的竿子。」

我的喉頭一哽，像在灼燒。

達倫用手擦著眼睛，別開眼神。「跟他出去時，我總是釣到很多魚，」他說，「我不記得埃莫斯有沒有釣很多魚了，他老是稱讚我很厲害。」

聽起來很像埃莫斯會幹的事，聽到認識埃莫斯的人說他的故事，真的很不容易，或許對達倫而言，講出這件事，或待在我身邊，讓他又想起了埃莫斯。但與此同時，這件事就像一份贈禮，我好想慢慢拆開禮物，將它永遠留存。

我把達倫家的電話號碼輸入自己的手機裡，並答應找時間跟他一起搭船出遊。大夥道別後，阿泰碰了一下我的手臂。

「達倫真的很想念妳哥哥。」他說。

「我知道。」我說，「我們都很想他。」

一輛消防車的鈴聲，拉開了遊行的序幕，阿泰和我衝過跑道，以免待會兒被一大堆古董車、花車、馬匹和撒糖果的小孩，擋住我們去摩天輪的路。

我們沒有排太久的隊，兩人才剛繫上安全帶，摩天輪就開始轉動了。

「準備好了，」我告訴阿泰，「馬上就能看到楓樹湖了。」

我好喜歡我的胃跟著摩天輪往上吊的感覺，就像胃朝著喉嚨竄，肚子變得空蕩蕩，沒有底似的。這座摩天輪轉得有點慢，阿泰扭著脖子，看了楓樹湖一眼。

「嘿，湖在那兒！」他說，接著他張大嘴，用手肘推我。「雅蒂，妳看。」他抬起手，指著下邊松河的河口。

湖面大多看來平靜而泛著光滑的藍，可是當我望向松河時，我看見了一道銀色的形影升上來，然後往下潛，不斷反覆。

我知道湖離得很遠，但這道形影似乎近在眼前，牠好像在不斷上升，變得愈來愈近——

我靠回座上，抓著前方的欄杆邊緣，我還未能多看一眼，摩天輪便已經往下晃了。

「摩天輪好像還會往上轉兩圈。」我說，「要仔細看清楚，好嗎？」

「妳有帶筆記本嗎？」阿泰問。

我拍拍後面的口袋，腦中突然一懵——筆記本不在！我回想今天早晨，慘了，我心想。

「我把筆記本留在書桌上了。」但願老爸沒發現，「我描述看見的情形時，你能不能用手機記下？如果我用自己的手機，怕會分心。」

阿泰伸手從口袋拿出他的手機，然後打開筆記程式，準備等摩天輪一轉上去，楓樹湖再次從樹林間冒出來，便動手記錄。

車廂一來到頂端，我便盯著之前在松河看到的形影地點。果然，松河邊旋繞的黑水翻攪著，但現在似乎在擴散，越過平靜的藍色，愈漫愈開了，難道都沒有人看到這情形嗎？坐在我們前方的人似乎什麼都沒注意到，他們連湖都沒去瞧。摩天輪轉回底下時，我也沒聽見後方有人發出驚呼。

我口述一切，阿泰負責記錄，不知不覺，摩天輪又再次往上轉了。我來到頂端，覺得雙手發顫，可是這次看著楓樹湖時，卻什麼都沒有，只剩一片劃過點點白浪的水藍。

「嘿。」我說，「湖上什麼都沒有了。」

阿泰伸長脖子張望，「蛤？」他問，「出什麼事了？」

「看，」我告訴他，「就只是——很正常。」

阿泰掃視湖面，搔著下巴。「太奇怪了。」

我們一下子又回到地面了，兩人緩緩解開安全帶，拼命消化剛才看見的情形。

「我們得再上去一次，」我們一走出摩天輪大門，我便說，「剛才那個太詭異了，你覺得會是我們想像出來的嗎？」

「不知道。」阿泰說，「可是妳若想再上去，我陪妳。剛才除了松河口的那個點之外，妳有沒有看見其他奇怪的情況？」

我搖搖頭，「沒有，只有那裡。有意思的是……那個點，正是你媽媽在地圖上指給我看的地方。」

隊伍這次似乎移動得更慢了，但可能是因為我們急著回摩天輪，弄清楓樹湖究竟出了什麼事的緣故。

阿泰踮腳伸長脖子跳來來去，「這實在太瘋狂，太酷了，」他說，「不知道我們會不會看到有趣的東西。」

有趣的東西，我心想。

我們回到輪頂，阿泰和我雙雙扭頭望向松河口。一開始只是一片藍，但緊接著，點點黑中帶點墨綠的顏色便開始啵啵的冒出來，在河上旋成一個愈來愈大的水圈。

「牠來了。」我說。我腦中冒出小小的煙花，我深深吸口氣，以便專心看著遠處下方的旋浪。

黑影繼續移動，接著從黑影中央，一片銀色形影優雅的浮了上來。我鬱結的胸口開始放鬆，如繩索般的鬆解開來。那形體上來後，再次潛入深水裡。我的心似乎隨之游移，重重敲擊著。每次那形體鑽潛時，便穿過黑水，浮升起一圈圈的藍水。接著黑水快速融入，直至又出現銀色。

我目不轉睛的看著。

「嘿，」阿泰突然打斷專注的我說，「我們是不是被卡住了？」

我們好像在上面待一陣子了。

像是套好招似的，有個聲音從地面的麥克風傳上來，「呃，各位先生女士，」那聲音說，「很抱歉，我們下摩天輪的時間會拖晚一點，因為系統出了問題，謝謝各位耐心等候。」

她的話我幾乎沒聽進去，我兀自瞪著地景另一頭的河川，「反正我也想了解究竟出了什麼事。」我告訴阿泰說。

銀色的形狀從松河游開了，然後在整片楓樹湖旋繞，有著白色小浪尖的湖浪靜止了，騰出空間讓那形體上升，再潛下去。

「你覺得牠在做什麼？」我問，「牠跟你媽媽拿給我看的地形圖有沒有關係？」

「不知道，」阿泰說，「妳認為呢？」

我認為埃莫斯並不清楚整件事的來龍去脈，我覺得也許我開始瞭解了。

看著那黑、銀與藍的色塊，以及從上方俯看，纖如細線般涓涓流入湖中的河川，我簡直如痴如醉，渾然不知時間流逝，直至別人的聲音進入我的思緒裡。「我們要不要爬下去？」有人說，「希望他們能送午餐上來。」另一個人說。

午餐？等一下——現在幾點了？我把手探到口袋，翻出自己的手機。上午十點五十分。

噢，慘了！慘了慘了慘了，糟糕了！我錯過濱地藝術展了，而且我應該在十分鐘內跟小皮蛋出現在展場裡！

我用手肘頂了頂阿泰，指著手機上的時間，此刻仔細一看，手機上傳來十則莉莎發來的簡訊。阿泰瞪大眼睛，我知道他立即會意了，可是他啥都不能做，這都得怪我。

「好了，各位先生女士。」來自底下的聲音說，摩天輪終於開始慢慢往下降了。

這一回，阿泰和我迫不及待的解開安全帶。

「跟我來。」我抓住他的手，開始狂奔。

22 莉莎的月亮畫

我先是看到老爸，他站在看臺上，望著排隊等候小牛進展場裡的孩子們。莉莎排在後方，老爸看我時，我以為自己會在他受傷的眼神中融化，但我還是挺過來了，雖然我覺得腿在抖。馬克叔叔和瑪莉嬸嬸坐在老爸旁邊，一行人看著我，像從沒見過我似的，不太認得出我是誰，或我變成了什麼樣的人了。

大門開了，孩子們開始依序進入圈場裡，我可以在莉莎走進來前，趕到她身邊，但時間緊迫。我把阿泰扔在後方，朝莉莎衝過去。

雖然老爸的眼神沒將我融掉，但莉莎的神情卻令我束手無策。她的眼色平靜到有點嚇人，然而在那平靜之下，她在顫抖。「忘記什麼了嗎？」她問。

「莉莎。」我喘著氣，想說點別的，可是話卻卡在喉裡。我伸手去拉小皮蛋的牽繩，但莉莎把繩子拉開。前面隊伍裡，有人的小牛不肯走，這讓我多出一點時間，但我能說什麼呢？

「對了，我表現得很好。」莉莎說，「在濱地藝術展上，我是同年齡裡的第一名，而且許多參賽者的年齡都比我大，因為——妳也知道——只有高中生才會費心參加這個比賽。」

「莉莎，我——」可是她抬起一隻手。

「妳一直很忙，」她說，「我瞭解，忙著在湖上工作，妳爸媽當然是很不希望妳在湖上——但其實我並不真的認為，妳會忙到忘記來這裡——」她停下來，我看到她抿緊嘴脣，把「看我」兩個字吞回去。莉莎張開嘴，僅嘆了口氣，「——帶小皮蛋。」

我垂眼看著自己的腳，莉莎說得對，我真的無話可說。「對不起。」我喃喃說道。

莉莎雙眼含淚，「我來就可以了。」她將小皮蛋牽進圈場。

莉莎真的很厲害，一人一牛配合得天衣無縫，我站在那兒看著小皮蛋完成所有動作，牠跟著莉莎，當莉莎停下來，小皮蛋就停下來站妥。牠轉身，後退，動也不動的乖乖站著，讓評審檢視牠。

原本是該我去的，我心想。我不像莉莎那樣努力，而且應該由我來展示小牛的。我很清楚，即使像小皮蛋這樣可愛呆萌的小牛，會吐著舌頭、用頭蹭我的身體，還喜歡讓人刷身體的小牛，有一天也會對楓樹湖造成汙染。

我的心揪得好痛，痛到覺得待會兒痛完後，胸口就什麼都不剩了。我聽到人們在看臺上鼓掌，我看到評審遞給莉莎一條彩帶，看到小皮蛋上下點著牠小小的頭。

我想將莉莎拉回身邊，請她聽我說，但願我能想出解釋，彌補自己造成的嫌隙與傷害。但我也認為自己應該離開，我腦中閃過一幅幅的畫面，燒灼著我。我看到莉莎在濱地藝術展上，在人群中搜尋我的眼神。我看到她在畜舍中，將小皮蛋的刷具排放在馬克叔叔和瑪莉嬸嬸幫我們做的展示箱裡，並四下張望，尋思我人在何處，可偏又找不到我。

我走回阿泰身邊，「我們得走了。」我悄聲說，「我們到爸爸的貨車旁邊等，他會在那裡找到我們。」

我們在戴爾先生的課上畫月亮時，莉莎是怎麼回答的？她說黑暗也有形狀？我站在暑氣裡，所有我未能陪伴她的時間，所有自己沒講出來的話，此刻都在我心中慢慢凝聚並膨脹起來。

失去埃莫斯，讓我瞭解空虛如何填滿整個房間。我在見到莉莎帶著小皮蛋走進場圈的那一瞬間，便知道自己為何要逃避她，讓她失望了。莉莎也失去了埃莫斯，她知道黑暗的感覺是什麼，而跟她在一起，讓我又感受到了黑暗。

23 說出真相

我重重吸口氣，然後去敲莉莎的房門。爸爸載我過來，幫我從貨車後方取下腳踏車時，我並沒說打算待多久，爸爸也沒問就走了。從市集回來的整條路上，他幾乎沒有跟我說任何話，他先讓阿泰下車，然後再到莉莎家。爸爸生氣時，就會異常安靜。

「嘿，莉莎。」當莉莎開門時，我說，「我，呃——我得跟妳談一談。」

莉莎瞅了我半天，「是嗎？」

「是跟楓樹湖有關的，」我說，「以及我們一直在進行的研究。」

「我沒興趣聽楓樹湖的事。」莉莎的語氣非常冰冷。

「我知道自己搞砸了。」我說，「我沒有出席幫妳張羅小皮蛋的事。」

「幫我。」莉莎搖搖頭，「幫我張羅小皮蛋。」

「我應該更常來的，」我結結巴巴的說，「我很努力——」

「妳以為我真的需要人幫忙張羅小皮蛋嗎？」她問，「我從十歲起，就懂得如何展示小牛了。」

我突然明白她的意思了，真無法相信自己以前竟然沒想到，好希望自己能消失掉。

「我是為了妳才參賽的。」她說，「爸媽覺得那是個很棒的點子，他們說，這能讓妳有事情做，讓妳開心一點。」

那一瞬，我閉上眼睛，想像莉莎和她爸媽坐在廚房桌邊，低聲討論，為我費心。剛開始時，這種感覺像臉上罩了一條毯子，我拚命想隔著厚重的布料呼吸。我扭著身，想把毯子抽開，但毯子滑到我肩頭，緊緊將我裹住，然後就只剩暖意與安全的感覺了。

「我今年根本不想展示小牛！」莉莎說，「我想更專心準備我的畫作，花更多時間準備作品集。」她顫聲說，「但我沒有那麼做，因為我想幫助妳。」

「妳是有幫到。」我喃喃說。

「但問題不僅是小皮蛋或濱地藝術展而已。」莉莎語氣一硬，「妳根本都不在。我整個夏天都拚命在防堵迪迪和珊米偷我的鉛筆，阻止小凱蒂吃掉我的素描。」

「我知道我沒有經常在妳身邊。」我說。

「爸媽說我得任由妳去，我也很想啊，可是——真的好難。」說到難，她的聲音都岔了，莉莎摀住臉。

「莉莎？」我應該伸手摸摸她顫抖的肩膀，可是感覺她離得好遠。

「感覺就好像……好像我失去了你們兩個。」莉莎抬起頭，聲音細微，「就好像，我必須想念你們兩個。」

兩個，我想起來埃莫斯。埃莫斯，莉莎依然想念埃莫斯，她當然思念，但我從未真的問過她，我以為她家裡人那麼多，妹妹們又那麼吵，一定會占滿她整個心。

但她們卻占不滿，現在在莉莎心中，也將永遠有塊缺口，就像我一樣。

也許那是完全相當類似的空缺，埃莫斯雖不是她的雙生姐弟，卻是她的堂弟，莉莎非常愛他。

「我能進來嗎？」我問。

一開始莉莎沒動，她伸出的手臂擋住門了，莉莎搖搖頭。

「我不知道妳跑哪兒去了，雅蒂。」她說，「感覺妳已不再與我一起了，我不僅是指到我家，我是指說——妳這裡還會想跟我在一起嗎？」她指指自己的心臟。

「我現在在了。」我說，「拜託能讓我進去嗎？」

莉莎重重的吸氣吐氣，然後讓到一旁，放開門，我終於踏進門內了。

我們到她樓上房間，坐到地板上，兩人背靠著床。

「我害妳失望了。」我說。

莉莎沒有反駁，也沒別開眼神，所以我知道那是事實。

「真的，」我說，「對不起，莉莎。」

也許她已經等我道歉好一陣子了，我向她表示，我明白發生什麼事，我眼中當然有她。話說出口後，房裡的氣氛就變了，莉莎的肩膀稍稍放鬆，然後她擦著眼睛。

「我只是想讓情況盡可能變好罷了。」她說，「盡可能像以前一樣，可是沒有一件事情是一樣的了。」

「我知道，莉莎……但那是不可能的。」我還能說什麼？那是事實。

「為什麼，雅蒂？」莉莎問，「妳為什麼那麼快就要回楓樹湖……埃莫斯才去世沒多久啊？我不懂妳怎會想念那個地方。」

「我是在湖上長大的。」我說，「想聽實話嗎？我喜歡跟少數幾個不認識我……不熟悉埃莫斯的人在一起。」

莉莎點點頭，眼中泛光。

「但我也認為，埃莫斯仍然以某種方式待在這裡。」我說，「即使他已經不在了，但我一直都能感覺到他；莉莎，不僅在楓樹湖，在這裡也是。」

「這裡嗎？」她問。

「就在這裡，在妳跟我之間。」那溫暖的感覺又回來了。

「他一定會以妳為榮，」莉莎輕聲說，「妳能又回到湖上，埃莫斯和妳就是那麼勇敢。」

「他也會為妳感到驕傲的。」我說，「妳的作品那麼棒，他一定也會去看濱地藝術展。」

「嗯。」莉莎說，「現在妳也能看了，如果妳想看的話。我的作品集就在這裡。」她伸手到床底下拉出一大本素描本，那條藍彩帶還繫在上頭。

我翻開本子，驚聲嘆息。

莉莎太會畫圖了，埃莫斯和我小時候，有次看原版的《歡樂滿人間》（因為媽媽愛看所有老片），其中有一段，保母瑪莉包萍的朋友拿著粉筆，在街上畫漂亮的圖，他跟瑪莉包萍直接跳進圖畫裡，等他們跳進去後，他們就真的置身畫中了——在一個完全不同，由圖畫組成的世界裡。莉莎的畫，感覺就像那樣。

她畫的依舊是月亮週期，但添了新的東西：風景。風景昏暗但絕美——深灰和黑色的線條，融入灰影之中。畫中有樹林茂密的斜角山與曼山，有沿河蜿蜒的三號公路，有閃閃發亮的楓樹湖。我不知道她如何畫出湖光，因為她畫的明明是鉛筆素描，湖面卻真的閃著光。而每張圖裡都有適情適景的月亮，這些素描畫出了我們在課堂上學到的所有月形，而且也展現出我們這裡所有美麗的景點。

「哇。」我說。

莉莎用手摀著臉，「妳什麼都不必說。」

「不，這些畫真的好棒，莉莎。」

「呃，」她表示，「不知道耶，我只是想試點不同的方式，大概像妳一樣吧。」

「那就繼續嘗試，」我說，「這方法顯然很好，不過都沒有畫人嗎？」

莉莎聳聳肩，「不確定，我畫這些圖時，沒想到要畫人。」

我伸手過去用力握了握她的手，她沒放開我的手。

我深深吸口氣，「好吧，有件事我得跟妳解釋……然後對妳爸媽解釋。」

莉莎的眉頭皺在一起，「是嗎？」她半提問的說。

「是這樣的……」我絞著手，搓著指節，「我不知道該怎麼說。」

「直接說就好了。」莉莎哈哈笑道，「能有多糟糕？我們不都談開了嗎？」

接著我脫口而出，再也沒有保留了。「楓樹湖受到汙染了。」我說，「妳看不出來，除非妳看到藻華，但是楓樹湖真的被汙染了，裡頭含有大量的磷。阿泰和我巡過整片湖去做測量，所以我知道是真的。過多的磷對自然生物有害，而且……而且磷或許來自許多不同的地方，例如，施在草坪上的化學藥劑，或工程，或──」

「哇，講慢一點。」莉莎說，「磷，好的。」

我重重吸口氣，「可是這些流入楓樹湖的磷，有很多來自農場。」

「像我們家那樣的農場嗎？」莉莎問。

回答時，我拼命忍住，才沒把眼神別開。「像你們家那樣的農場。」

「農場又不是很大，」莉莎說，「那皮爾斯家的農場呢？」

「大農場為了防止汙染，已改變做法一陣子了，」我說，「可是小型農場沒有，所以有些小農場確實也會造成問題，我們得設法找出大家能改變的方式。」

莉莎慢慢點著頭，「所以……妳就是想跟我爸媽談這件事嗎？」

「戴爾先生和李博士的發現意味著，這邊的農戶可能得大幅改動現在的做法。」我說。

「例如什麼？」

我解釋阿泰和我學到的資訊，莉莎瞇起眼睛，然後開始咬嘴脣。等我講完後，兩人沉默不語，坐在那裡枯等。

「我的意思是……」莉莎開口說，「不過，我爸媽應該知道他們在做什麼，對吧？」她聽起來並不生氣，僅是擔憂。「他們一直都是那樣處理的。」

「我知道，」我說，「那也是我想解釋的一環。楓樹湖非常深，因此更能維持不受汙染，我以前也不覺得小農場會是問題，但磷含量還是逐漸累積了——只是要花上一陣子。」

莉莎猶豫的點著頭，我愈拖延著不跟馬克叔叔和瑪莉嬸嬸談，心情就愈差。我在推拖一件非做不可的事，「我真的得跟他們好好談一談。」

「他們大概在穀倉裡，」莉莎說，眼神有些憂慮，「我跟他們說了妳會來，他們叫我不用照顧妹妹或做家事了。我想他們知道我們必須談一談。」莉莎把她的素描本塞到床與牆壁之間。

我的神情一定看起來很落寞，因為莉莎勾住我的手，嘆口氣說：「我相信不會有事的。」她說。

我們在穀倉外找到迪迪和珊米。老楓樹上掛著輪胎秋千，他們在輪流推著對方玩，埃莫斯、莉莎和我小時候也會這樣玩。

「我留在這裡陪迪迪和珊米。」莉莎說，她大概知道我必須好好處理這件事情。

穀倉裡幽暗陰涼而安靜，只聽得到擠奶器穩健的嗞嗞擠奶。我走進擠奶區，找到在牛群之間穿梭，正在擦拭乳房、安裝機器的瑪莉嬸嬸和馬克叔叔。爺爺也在，小凱蒂在牛奶房門邊的護欄裡玩波浪鼓。

我搬了張凳子，坐到小凱蒂的護欄邊，看大家工作。他們的動作迅捷老練，小凱蒂伸手要我抱，我將她抱起來，放在膝上搖著。「有什麼建議嗎？」我問她說。小凱蒂嘟著嘴，伸出舌頭吹著氣，口水流在我的襯衫上。「好吧，」我說，「謝了。」

擠完奶後，馬克叔叔開始把牛群趕回外頭，爺爺拿著長柄掃帚清掃走道，瑪莉嬸嬸看往我的方向。她遲疑了一會兒，然後走過來抱住我。

「妳逮到機會跟莉莎談過了嗎？」她問。

「談過了，」我說，「我們……談開了很多事。瑪莉嬸嬸，我很——」

可是她搖著頭，「不用抱歉。」她打斷我說。「妳叔叔和我都理解。」小凱蒂伸手要她抱抱，瑪莉嬸嬸將她抱起，親了一下，然後從自己口袋裡掏出另一把波浪鼓，把小凱蒂放回能安全玩耍的地方。

馬克叔叔回到室內，在牛仔褲上擦著手。「嘿，我最愛的姪女。」他說。叔叔揉著我的頭髮，然後護眨眨眼，卻害我更加難受。也許他們已經原諒我沒出現在四健會的展示會了，可是等我開始談到磷的問題後，他們肯定不會開心。

我把一切都跟他們說了，談到駕船跑遍楓樹湖採水樣，談到讀資料讀到眼睛發疼，談到李博士、杰克、塔莎和戴爾先生，以及他們希望我們寫的文章。

等我說完後，馬克叔叔輕輕吹了聲哨子，眼光閃動。

穀倉裡一片死寂，淹沒了擠奶器發出的聲響。

瑪莉嬸嬸終於說話了：「看來他們說楓樹湖遭到汙染，並不是玩笑話。」

我搖搖頭。

「親愛的，」瑪莉嬸嬸說，「這可是……大事啊。」

「天大的事！」馬克叔叔突然說，「不能開玩笑。」他把手插到口袋裡，垂眼看著地面，沒看我。

接著又是一片寂靜，只剩小凱蒂的波浪鼓。似乎沒有人知道該說什麼。

「雅蒂。」馬克叔叔終於開口了，「他們打算跟我們談嗎？跟農人們討論？」

我被他瞪得渾身不自在，我知道李博士和戴爾先生說過需要與農戶溝通，但我不知道他們打算什麼時候談。

爺爺的語氣倒十分平靜，「沒有人想汙染楓樹湖，」他說，「雅蒂，親愛的，我們愛這片湖啊。」

「我知道。」我咬著脣說。

「反正不會是農場造成的。」馬克叔叔此時語速更快，語氣冷硬，「他們知道所有其他排入湖裡的東西了嗎？知道大家都覺得很棒的沃爾瑪工程排放物了嗎？」

我感覺臉頰變得火燙，「呃，那些也有可能是問題——」

「妳所說的改變，」馬克叔叔打斷我，「是很大的改變，非常花錢的。」他望著瑪莉嬸嬸，「誰來支付？」

就在這一瞬，我真的好希望自己能鑽進地板裡。

「我很抱歉。」我可憐兮兮的說。

馬克叔叔不肯挪開目光，「妳沒跟小皮蛋去展示會時，」他說，「我心想——沒關係，她心裡很不好受。可是我從沒想過，會是這種事。」

我垂著頭。

「妳知道嗎，」馬克叔叔說，「妳哥哥以前老是跟著我四處跑，」我從未聽過馬克叔叔的聲音如此沙啞模糊，就像快要下雨的天空。「跑遍這些田地、這間穀倉，熟知這裡每個角落，而現在妳竟然說要做改變？」

我也有跟著你啊，我好想說，卻沒說出口。我想改變，只是為了救它。

爺爺搭住馬克叔叔的肩膀，卻被叔叔掙開。

「記得妳爺爺的祖父，是哪一年從魁北克搬來這裡的嗎，親愛的？」瑪莉嬸嬸問。

我搖搖頭，我從來不太會記日期。

「一八四〇年哪。」瑪莉嬸嬸柔聲說，「我們在這裡住很久了，親愛的，我知道妳很努力做研究——」

「這個州需要農人。」馬克叔叔打斷她說，「看看有多少像我們這樣的農場已經消失了，而我們還撐在這裡拚命努力，讓農場能夠營運。」

「她知道的。」爺爺說。他用和藹的眼神望著我，害我好想收回所說的一切。

我感覺自己在發抖，我知道馬克叔叔和瑪莉嬸嬸聽了很不高興，但之前的我不清楚在最後攤牌時，我會不會有勇氣，堅持把自己的信念告訴他們，結果我是有勇氣的。「但這個州也需要潔淨的水。」我用不慍不火，但十足誠懇的聲音說。

馬克叔叔張嘴似乎想說點別的，接著他垂下眼，往後轉身，推開通往牛奶室的門，任由門在他身後關上。

「小雅蒂，」爺爺說，「我知道妳是在做妳該做的事，我們會找出辦法的。」他伸手抱住我。

我的淚水浸入他粗糙的襯衫裡。

24 拯救楓樹湖

我請瑪莉嬸嬸讓我在沙灘邊下車。我的腳踏車放在擁擠的廂型車後車廂，是推倒一排座位才放下去的。

一開始嬸嬸很安靜，接著她伸過手，揉了揉我的頭髮。「別太在意馬克叔叔的事，親愛的。」她說，「他只是很擔心罷了。」

我眨忍著淚，把頭別向窗口，不想讓瑪莉嬸嬸看見。

「好吧，其實我們兩個都很擔心。」她接著說，「不過就像爺爺說的，我們也真的不想汙染楓樹湖。」

「我知道。」我說，「可是李博士和戴爾先生一直都很謹慎，瑪莉嬸嬸。他們並不想傷害農人。」

「妳確定嗎？」瑪莉嬸嬸問，「他們能瞭解他們要求的某些改變，對農人會造成什麼影響嗎？」

「我跟他們說過，必須考慮花費的問題，」我說，「他們有的，他們表示州政府會幫忙。」

瑪莉嬸嬸的臉還是愁成一團，「可是他們真的確定，我們是造成汙染問題的主因嗎？」

「他們還在做更深入的研究，」我說，「但科學就是盡量利用所能找到的資訊。」這話從我嘴裡說出來感覺很怪，因為才幾個月前，我還認為辨真識假非常容易。

瑪莉嬸嬸點點頭，「所以他們有什麼資訊，親愛的？」她問。

「這是所謂的『非點源汙染』，」我說，「意思是，很難追溯。」

瑪莉嬸嬸看起來好悲傷，但她仍仔細聆聽，「那妳怎麼能確知農場就是汙染源？」她問。

「農場並非唯一的問題，」我說，「住在鄰近的人，也可能以不同方式對湖水造成影響。不過我們測試過水的採樣，發現松河的磷流進了楓樹湖裡。」我的聲音在發顫，我並不想說出接下來的部分，但瑪莉嬸嬸有權利知道實情。「我們研究過我們家的農場及鄰近農場邊的小溪，而小溪又與松河相接，我親自檢測河水，看了各種地圖，確定至少有一部分的汙染源來自於農場。」

「好吧。」瑪莉嬸嬸說，「我的意思是，這很難面對，但我可以明白其中的道理。」

故事還不僅止於此，我心想。楓樹湖受了汙染，並不表示它必須繼續被汙染下去。

「如果你們有機會幫助楓樹湖，」我問，「你們會願意幫忙嗎？」此刻我的聲音比我想像中的堅強。

瑪莉嬸嬸望向楓樹湖，深深吸了口氣，然後她笑了笑，搭住我的雙肩。

「我願意。」她說，「全心全意的，但別忘了，沒有人能在沒有協助的情況下去做。」

「我知道，」我說，「那樣很公平。」

「妳一向聰明過人，雅蒂。」嬸嬸說，「我很以妳為榮，妳知道嗎？馬克叔叔也是，可是他不會希望改變的，至少不是那麼快，而且不是在他被當成敵人的情況下。」

我若是開口說話，怕又要開始哭了，因此我只是抱著瑪莉嬸嬸，把頭埋到她頸窩裡。

「妳確定不回家嗎？」她揉著我的背問，「都快吃晚飯了，妳可以跟我一起回農場。」

我搖搖頭，抽開身，「我只打算在這裡坐一會兒。」

「妳爸媽不會介意嗎？」瑪莉嬸嬸似乎不太確定。

「阿泰待會兒會跟我會合，」我說，「爸媽跟我說，我們可以一起騎腳踏車回去。」謊言像流水般脫口而出，我晚點再發簡訊給爸媽就好了。

瑪莉嬸嬸摁了摁我的手，眼神十分柔和。「小心安全。」她說。我搬腳踏車時，嬸嬸用照後鏡看著，然後才把廂型車開走，轉回三號公路。現在就只剩我和楓樹湖了。

湖水靜謐，紋絲不動，我看著岸邊的浪輕輕推著沙子，然後緩緩退去。

人們老是談論海洋，但我寧可談論湖水。

我吸著氣，那是魚，是沙子，是碎沫，和輕輕滾動的石子，但在湖面下，透著淡淡的古老氣息，那是一種潔淨的氣味。湖水如此潔爽，假如遠離了藻華，你就可以在水底下張開眼睛，且離開水面時，幾乎不必揉眼睛，明亮極了。

一隻海鷗在頂上嘶鳴，孤寂而淒涼。

對埃莫斯的回憶盈溢胸膛，齊集而至，堆聚成池。

記得有一天，學校鈴剛響，埃莫斯便拖著我離開學校，率先衝上巴士。他怎麼也無法乖乖坐定，不斷的用力抖著腿，害我覺得椅子都在震。我看得出他興奮難抑。

他總是在興奮著什麼，記得他每次迫不及待要回家籌備新的計畫時，膝蓋便會跟電鑽似的在巴士裡上下抖動。

那天晚上我們要跟爸爸去釣魚，埃莫斯實在等不及了，因為好不容易熬到接近夏天，終於可以駕船出遊了，而且我們那年冬天很少去冰釣。埃莫斯超想回到湖上，不管湖是否還結凍著。

我眼中泛起淚水。

埃莫斯說：「我真想永遠在楓樹湖釣魚。」

永遠，我心想，直到我死後很久，直到我的子子孫孫和他的子子孫孫可以在楓樹湖競釣賽中釣魚。

我想，若楓樹湖裡有水怪，牠也應該會永永遠遠的待在那裡吧。埃莫斯認為那是最後一隻水怪，而且牠應該不會死。我知道就實際上來說，所有生物都會有消亡的一天，但埃莫斯的水怪不一樣，說不定牠有一部分是白鯨，但也有一部分是想像成分，而且牠需要活在楓樹湖裡。

我聽到有車子開入我身後的小停車場，我轉身看到芭芭拉・安的車。她搖下車窗。

「嘿，同學。」她喊道，「我正要去泰迪的店，結果看到妳。要搭便車嗎？」

「哈囉，芭芭拉・安。」我喊道，一邊擦著眼睛。「謝謝，但我有腳踏車，我只是想在湖邊待一會兒。」

她的舌頭彈著西瓜口香糖，然後望向水面。「我瞭解，」她說，「我們有時都需要到湖邊，妳知道為什麼嗎？」

「為什麼？」我問，一邊朝她的車子走過去。

「我就是在這裡找到那根牙齒的。」她說，「我正在沙灘上散步，然後就看到了，就在它該在的地方。」

遠方有隻孤鳥在鳴叫，我們兩人循聲望去，看著牠在空中遨翔。

「我一直好好收藏著。」我說，「我會一直留著。」

芭芭拉・安笑了笑，眼睛仍盯著那隻海鷗，「我知道，甜心。」她說，「所以我才會送給妳。」接著她再度發動車子，然後拍拍我的手，「自己小心啦。」她邊說邊將車開走。

另一隻海鷗加入原本的那隻，在湖面上猛撲而下，啞——啞——湖水輕輕拍打岸邊的聲響，模糊了牠們的叫聲。

我該調查第四道線索了，我會回家弄點食物，然後再出發。我應該把計畫傳給阿泰，我不想讓他難過，但我必須先單獨去做這件事，他應該可以理解為什麼。

25 攤牌

我回到家門前，夕陽還未西落，但爸媽已經眉頭深鎖的站在門口了。

「正想去找妳呢。」爸爸粗聲說。

糟糕，我忘記傳簡訊了。

「我都不知道該從何說起了。」媽媽表示，「妳沒去四健會展，丟下妳堂姐一個人收拾爛攤子——那是一碼事，可是其他呢？」她搖著頭，嘴巴抿得死緊。不知道媽媽都聽說了什麼。

「妳瑪莉嬸嬸打電話來，說她讓妳在楓樹湖下車。」爸爸說，「大概是想確定我們真的跟妳說過，去那裡沒關係。」

我臉頰發燙，不用他們來提醒我，我也知道有關係。

媽媽眼光閃動，「她還告訴我們其他幾件事。」媽媽語氣生硬的說，「關於那些研究員打算告訴農戶，說為了楓樹湖好，他們得公開一些事。」

該來的總是要來，我臉上的熱氣往下滑降，覺得心中開始熱騰翻攪。

「瑪莉嬸嬸能理解，」我說，「那些研究員無意找任何人麻煩，他們只是想幫助楓樹湖罷了。」

「瑪莉嬸嬸也許只是不想讓妳擔心而已。」爸爸搓著雙手，試圖讓語氣和緩些，但他沒看我，我看得出他很緊張。「我也是，但那座農場——那不僅是座農場，更是我長大的地方。這片土地世世代代都與我們家族共存，也是馬克叔叔和瑪莉嬸嬸賴以維生的地方。」

「我知道呀，爸爸！」我喉頭一哽，但硬是嚥了回去。「我都已經跟那些研究人員說過了。我跟他們說，他們也得跟農戶們好好溝通，並考慮農戶的立場。」

「農戶的立場？」媽媽說，「農戶的立場不就是最重要的嗎？李博士才來這裡多久？他們哪裡能知道什麼對我們的湖最有利？」

「妳的語氣也跟達倫一樣了！」我說。

「達倫？」媽媽不解的問。

「他不認為別處來的人能協助楓樹湖。也許不懂什麼對楓樹湖最好的人，是妳！」我感覺自己抬高嗓門，「妳不能對那裡的情況視而不見，自欺欺人並不會改變湖水汙染的事實。」

我沒大吼大叫，力持聲音的穩定。「妳不是已經知道那件事了嗎？」我直盯著媽媽，感覺自己嘴角露出不屑，「妳以前不是也想當科學家嗎？而你卻放棄了！」

「不許那樣跟妳媽媽說話。」爸爸的語氣變得格外低沉，他只有在罕見的盛怒時，才會那樣。

但我繼續咄咄逼人，「沒錯，你們只想放棄而已！你們以為可以躲避楓樹湖？假裝它不存在？再也不去湖上，即使你們每天開車經過？」

媽媽冷聲說：「也許我不會去了，我不覺得有必要再去那座湖，妳也不該去。」

「你們根本不信任我，」我的聲音像洶湧的波濤般起伏，「不相信我知道自己在幹什麼，即使我已經證實自己了。」我的手在身側緊握成拳，心臟在胸口重擊。「我必須跟戴爾先生撒謊，他才允許阿泰和我自行開船出去，尋找埃莫斯的線索，因為即使我懂得開船，我也知道妳不信任我能做得到。」

「什麼？」爸爸張大嘴瞪著我。

「你一直在沒有任何大人監督的情況下，自己開船到湖上？」媽媽顫聲說，「楓樹湖競釣是一回事，因為我知道妳父親、庫柏先生和所有其他釣客都會幫忙看著，可是妳竟然自己開船？」

「看吧，你們根本不知道我都在做什麼！你們其實不瞭解我。每次你們看著我，就好像看見他。或許你們希望能再看見他。」我喉頭一哽，從後邊口袋拿出iPhone，扔到草地上。「我不需要這支手機！不需要分分秒秒跟你們報告我的行蹤。」手機掉到地上時，我看到爸爸痛苦的猛然一顫，我開始發抖，但已經來不及阻止自己了。

「我們只剩下妳了。」媽媽顫聲說，「想想妳哥哥，想想他會怎麼做。難道妳不知道，他有多麼喜愛跟妳叔叔和嬸嬸工作，有多麼喜愛那座農場嗎？」

「瞧，那只表示你們有多不瞭解我們兩個人。我也很愛那座農場！埃莫斯一定會想拯救楓樹湖！」我已經在尖叫了，「假如他知道出了什麼問題，一定會設法改善，他會為楓樹湖做任何事！」

媽媽不可置信的紅了眼睛，回憶在她眼中翻動，我在裡頭看到我們在湖裡彼此潑水玩樂的景象。我感覺媽媽梳著我的頭髮，在她剛下班回家，以為我還在睡覺時，輕輕的揉著我的背。

接著我看到媽媽仔細打量我，她皺著眉頭，眼中盡是疑問與懷疑。

「我也會盡我的力量。」我說，「李博士和戴爾先生希望我們為報紙寫一篇文章，有關居民——包括農戶——能採取什麼辦法，去阻止汙染。」

爸爸瞪大眼睛，媽媽則張大嘴。「什麼？」爸爸問，聲音有點大。

「妳要用妳的名義發表文章，跟農戶講說需要做什麼改變？」媽媽問，「寫妳自己家人需要做改變？」

「我們家人已經改變了。」我的語氣十分冷硬，我穿過爸媽，走入屋裡，抓起埃莫斯的筆記本，然後把泳衣和一個空的水瓶塞入塑膠袋裡。我回到外面，跳上腳踏車，開始以最高速度踩動踏板，我的頭髮像翅膀一樣的往後飛。

我沒有回頭看，就算爸媽說了其他的話，我也沒聽見。一開始沒什麼風，但我騎得愈快，感覺風就愈強。

26 第四道線索

我的腿此時應該很累了，但並沒有，兩腿依舊繼續奮力踩踏，踩到都痛了，但灼痛感逼得兩腿更想繼續踩。

我必須查看埃莫斯留下的證據，找到湖水裡的金色斑點，並將它裝進水瓶，這是我保存金斑的方式，只要我能找得到。

有船開肯定比較輕鬆，我真該帶件救生衣，可是我現在根本不可能溜進生物站，而且在爸媽或其中一人決定跟上來阻止我之前，我可能沒有太多的時間了。他們應該能很快找到我；我要去埃莫斯最愛的釣點——不是老爸的。釣點在松河附近，離岸邊不遠。

我把腳踏車藏到步道口的矮叢裡，這是我最愛的步道之一；它沿著斜角山底，在水邊蜿蜒而行。我順著滿是胎痕的泥土路慢跑，避開樹枝，直至遠離炎日裡總是擠滿人的沙灘。

有一次我在冰上，看到了某個……

我不想等到冬天才調查第四道線索。況且，我不認為那道線索與冰有關，也許埃莫斯是在冬天時，才注意到這道線索。如果水怪就在楓樹湖裡，湖中必然會有證據，季節不是重點。

我雖然知道這點，但還是想去看看最後一道線索是否為真。我想完成埃莫斯的工作，也完成自己的工作。

埃莫斯總是從這個釣點開始垂釣，他說那裡的魚只等他，牠們一聽到他關掉馬達後，就會開始咬餌。但是他的理想釣點，大約在十八公尺外。我知道那邊水很深，非常深，這也是水怪喜歡那裡的原因吧！

太陽漸落，在空中撒出一片殷紅與橘黃，但仍發著光，尚未放棄將盡而未盡的暖意。所以我有天光可用，而且剛好有足夠的時間。我小心翼翼的越過步道，來到往楓樹湖的大岩石上。我把T恤和短褲留在岩石上，然後慢慢下水；我下到一半，在湖裡一顆滑溜溜的岩石上站穩，等我從此處下去後，就只能游泳了。我深吸一口氣，在水中鑽潛，讓幽暗的水托著身體。

即使游上來換氣，我還是不覺得累。我划水而行，揮動雙臂，一手拿著水瓶。我數著划動的次數——一、二、三、換氣！並慢慢游動，保存自己的體力，就像媽媽總是提醒的那樣。沒多久，我便到達埃莫斯之前垂釣的地點了，但我的腿還是有力的踩著水，好停在原地。

我記得爸爸發足狂奔，媽媽倒在岸邊的冰上，我放聲尖叫。我閉上眼睛，叫自己別再想了。找到那些金色斑點，我說。

我垂眼看著，頭部與水面極近，我甚至不確定自己能看到任何東西。

別這樣，埃莫斯。我心想，雖然我要找的是水怪。我大老遠游到這裡，是為你來的，我知道我們沒有那麼多時間，現在就給我看點東西吧。

開始有些起風了，日落時起風相當奇怪，風在水面上盪起片片水波，像小小的舞者一樣。但我很冷靜，感覺腿還十分有力。我再次往下看。

我開始在黑水最深處看見小小的光點了。一開始如此細小，我還以為是自己眼花。那是魚的眼睛嗎？還是夕陽餘暉造成的？

光點漸漸旋浮而上，愈靠愈近，愈來愈大。風力稍稍變強了，我在水浪中前後漂動；我不再踩水，翻身仰漂著，換氣，休息，但我不想失去那些光點。

我翻身回來，開始再次踩水時，金斑已經到處都是了，而且非常之大──彷若鱗片。它們幾乎像有生命的細小肌肉，來來回回的牽動。我伸手過去，把水瓶探入水中，可是當我拿起瓶子，鱗片便在我眼前融化掉了。

「不。」我大喊說，「別融化，拜託不要融化。」

此時我重重喘著氣，強風襲來，在我來不及握緊瓶子時，便把瓶子刮走了。我知道自己應該開始折回岸上了，可是我自認還有體力再試一遍。如果我能潛下去，用兩手舀水，也許鱗片會被撈起——

我屏氣入水，伸手四處亂抓。在水底，似乎所有的光都從天際竄入，溜進楓樹湖裡了。我覺得四周全是金光。

我回到水面，大口喘氣，握緊拳頭。我要等回到岸上才張開手，等我能給別人看時——

握著拳頭很難游泳，我划了幾下，然後停下來踩水。我再划幾下——也許我有點累了，而且覺得冷。我打著哆嗦，太陽沉得更深了，在閃動幾道最後的細窄餘光後，便消失了。

我知道自己可以游得到，岸邊並不遠，並不，噢——我真的累了，筋疲力盡。我踢著腿，可是愈來愈難保持在水面上的高度了。

突然之間，咻的一聲，有個東西從湖底深處升起，並抓住我。那不可能只是風，它比風還要巨大，且來自四面八方，並將我往岸邊推。我感覺有個強大平順的力量自底下撐起我。我啵啵的噴著水，仍緊握著拳頭，水滴弄得我看不見……

「雅蒂！雅蒂！」

我分不清聲音來自何處，是從上面還是下方來？是埃莫斯還是水怪？我的下巴在水面下，我心慌意亂，張開拳頭的那隻手拚命亂抓，但另一手仍緊握住不放，能撐多久是多久。

可是這時，底下那龐大平滑的物體將我推得更高了，我吸到空氣，真正的空氣，接著牠便火速退開了，我可以感覺到底下的推力不見了，如雲霄飛車般的往下溜走，此刻我反而感覺有手從上方探到我的肩膀下，將我往上拉起。我在上升途中，膝蓋敲到了船，感受到船的堅硬。

是爸爸。

我在船上了，媽媽過來抱住我，他們兩個還在喊著我的名字，一遍又一遍，我發現剛才在水裡聽到遠處水面上的聲音，是他們的叫喊。

媽媽將我緊緊抱在她懷裡，我靠在她肩頭，拳頭依然緊握到發白。我慢慢鬆開緊扣在手掌上的指頭。我屏住氣，攤開手指，卻只看到手掌的皮膚，其他什麼都沒有。

「它們不見了，」我哭道，「它們融化掉了。」

「什麼？」媽媽問，「雅蒂，妳在說什麼？」

可是我無法回答，「它們全都融化了。」我重述說，可是牠就在那兒，我心想，在那兒，而且還救了我，牠將我抬起，讓妳和爸爸有時間找到我。

淚水滑下我的面頰，牠當初為何不救埃莫斯？我問。這是個我一直無法回答的問題，就算那隻水怪強健有力，也不表示牠無所不能。我知道楓樹湖需要協助，那水怪或許也知道，也許牠無法什麼都救。

「得讓妳暖起來。」媽媽伸手到船上爸爸的座位下，拿出擺在那裡的厚毛毯幫我裹上，並緊抱著我。

「阿泰打電話給妳，」爸爸說，「打妳的手機。」

「對不起，爸爸。」我哽咽的說。

「他覺得妳可能往這兒來了，跟什麼第四道線索有關？」

我累極了，根本無力隱瞞任何事。

「是的，」我說，「是埃莫斯的線索。」

「那隻水怪。」媽媽搖著頭說，但語氣不帶絲毫憤怒，她又是以前的媽媽了，她一直抱著我。

「我必須幫他，」接下來的話令我哽咽，「因為我以前都沒幫他什麼。」我說，「幫得不夠，埃莫斯死時，他——」

我把臉埋到毛毯裡。

爸爸用一隻大手搭住我的肩，「沒事了，雅蒂，」他說，「沒事了。」

我不知道他為什麼那樣說，從來都不是沒事，然而在那一刻，我決定相信爸爸。我告訴他們，埃莫斯是因為想證實第四道線索才會死掉，因為他想拿到我要的證據，如今幫他證明，成了我的責任，我不僅要完成他的工作，還要更進一步——用科學來幫助楓樹湖，以及那隻水怪。尋找第四道線索，是我對埃莫斯表示相信，也在乎這道線索的方式。我做到了——我做到了——可是線索融化掉了，從我的手裡流失了。

媽媽撫著我的頭髮。

「埃莫斯那孩子的確深愛這片湖。」爸爸說，聲音厚濁而奇怪。淚水悄悄從他眼中滑落，小船在漆黑中航行，燈光指向岸邊。

媽媽嘆口氣，垂下環在我肩上的手臂，「妳可知道，」她說，「你們在學步期間，我有多麼痛恨這座湖嗎？我覺得它一定會偷走你們其中一個人。你們兩個當時好奇心都那麼重，喜歡跑去湖水的深處玩。每次我盯住你們一個，另一個就會溜到我的視線外，我從沒想過我能再有放鬆的一天。記得有一次——」媽媽開始哈哈笑起來，然後抹著眼睛。「你們兩歲的時候，埃莫斯搖搖晃晃的走得太快，超過了妳，結果妳就看著他，我都覺得能看透妳在想什麼了；妳當時在想，小心啊。接著，他當然就直接掉進水裡了。」

「真的嗎？」我問，「那水有多深？」

「不是很深，」她說，「可是學步的孩子太容易闖禍了，我當然馬上就衝過去，結果妳知道妳幹了什麼嗎？雅蒂。」

「什麼？」我問，顯然並不記得，當時我才兩歲。

「妳先趕到他身邊，」媽媽揉著我的肩膀。「緩慢而穩健的一頭跳了進去，然後開始用手去抓他。等我趕到那裡，妳已經把他從水裡拖出來一半了。我不確定妳是怎麼辦到的，因為他比妳重。」

我哈哈笑著，然後抽起鼻子。

「妳一向更謹慎，」媽媽說，「總是很機警，我從不擔心妳。可是那並不表示失去妳，我會比較不難過。」

她調整我肩上的毛毯，然後將我抱得更緊。

接著爸爸清了清喉嚨，關掉馬達，靠近媽媽和我。「是真的，親愛的孩子。」他用手指輕扣住我的肩。

「而且太嚇人了，」媽媽說，「今年夏天真的很難熬，妳知道的，感覺上妳……離得好遠。」

「我只是去生物站而已。」我含糊的說，「那裡又不遠。」但我想我知道媽媽的意思。我覺得離他們好遠，我想要遠離他們，爸媽看得出來。但話又說回來，媽媽感覺也好遠，她有好長一段時間變得不像以前的媽媽，我們都沒有人能把日子變回以前了。

爸爸張嘴想說話，卻又閉上了嘴。他捏緊我的肩膀，我抬眼看他時，發現他眼中泛著光。

「之前，」爸爸說，「之前妳跟我們說，我們看見妳，就總是看到他。」

我眨眨眼，望著爸爸，努力不哭。

他跪到我前面，「那不是真的。」爸爸喃喃說，「看著我，雅蒂。」

我慢慢抬起頭。

「我確實在各處尋找跟他的回憶，雅蒂。」爸爸接著說，「我在貨車裡找他，在船上找他，在餐桌的空椅上找他……我還是很難相信他已經不在了。」

我點點頭，我知道那種想要他回來的感覺是什麼。我在水中，便覺得與埃莫斯離得很近，如果我讓那隻水怪從我指間溜走，我會讓最後一絲僅剩的埃莫斯也不見了。

「可是我在看妳時，雅蒂，我只看見妳。」爸爸說，「妳很堅強，有時頑固得要命，而且又聰明，而妳——妳就是妳自己。就這樣，這樣就夠了。」

說完爸爸抱住我，也抱住媽媽，我被緊緊夾在中間，動彈不得，但我再也不想亂動了。我們就這樣抱在一起，船兒在稍稍平復的水波中輕輕搖晃。

「噓。」爸爸撫著我的頭髮說，但他並不是真的叫我安靜，只是表示自己就在這裡。

「我們家變得跟以前不一樣了，」爸爸說，「但我們仍是一家人。」媽媽點點頭，又將我擁緊了些。

他們的愛感覺如此溫暖，但也有些奇怪，三千寵愛只傾注在我身上，我還不太習慣。

我仍在思索沒有了埃莫斯，我究竟是誰。接下來的事，我很不想說，卻非說不可，我稍稍抽開身子。

「我在寫一篇文章。」我說，「楓樹湖從冰河時期就在了，媽媽——這是妳跟我說的。我希望楓樹湖能長長久久的在這裡，我知道埃莫斯也會這樣希望。」

媽媽輕抽著鼻子，但沒有鬆開我。

「科學方法是，你得從各種不同的角度檢視一切。」我說，「李博士和戴爾先生，還有杰克及塔莎，甚至是阿泰，大家都不斷的談到來自農場的汙染，他們也很擔心楓樹湖，並要協助農戶的事，但到目前為止，我想，我是唯一跟農人——跟馬克叔叔和瑪莉嬸嬸——談到話的人。」

我看到爸爸淺淺的笑了笑，他鬆開我，再次打開馬達，「妳會找出辦法的，雅蒂。」他說。

媽媽張嘴似乎想說點什麼，但又閉上了，她將下巴靠在我的頭上。爸爸將船繞開，水花在黑暗中濺起。船上的燈指引我們回到岸邊，然後我們再從岸邊返家。

27 登報分享

阿泰從口袋拿出一張皺皺的報紙，那是我們為《先鋒報》寫的報導。「我媽媽幫妳爸媽留的。」他說。

「謝謝。」我說「我相信他們已經有一份了。而且，我用手機看過了，還存成了圖片檔。」

「我猜也是。」阿泰說，「但妳又不是不知道老一輩的，有愈多紙本愈好。」

我接過報紙攤開來。好吧，能把我們的字句拿在手裡，感覺的確很酷。

讓我們齊心保護楓樹湖與農場

經蒐集分析過楓樹湖各處的湖水採樣後，我們發現高磷含量的證

先鋒報・少年之音

據。磷是一種有益人類健康的重要礦物質，然而，高含量的磷，可能對本地的水道造成危害，因為高磷會改變生態系統，帶來有害的藻華，破壞飲水，使人們無法使用湖泊，同時對魚類與其他野生生物造成傷害。

磷汙染來自於許多不同地點，例如，新的工程建案、楓樹湖附近的草地維護、不良的化糞池系統，以及汙水處理廠。為了解決汙染問題，大家可安裝雨水桶、定期維護化糞池系統，並於下雨時，停止洗衣服，以減少進入處理廠的汙水。修剪草坪時，可以讓剪下的草分解，好使草根長得更加強壯，吸收更多水分。

不過除了一些都市化的汙染原因外，位於分水嶺內的農地，也會造成高磷含量。這些農地皆有流入楓樹湖的溪流，由於農場是濱地郡重要的一環，農人對我們的社區有其重要性，我們必須支持他們，也請他們關注自己的農場與楓樹湖。

農民能以不同的方式，來協助淨化楓樹湖。例如，可以在不同地點，建造新的化糞池，可以創建緩衝區，在溪流和農地之間，打造能匯集逕流的寬大植被。製定養分管理計畫，僅在每年特定時間施肥，並充分利用覆蓋作物。

然而這些改變將會造成農民大筆的花費，而我們的經濟與土地又需要農民。本地酪農瑪莉・洛格表示：「我們都很愛楓樹湖，可是改變我們的農作方式，困難重重，所費不貲。我們希望國家能給與協助與時間，讓我們能將潔淨的湖泊留給我們的子孫。」

我們認為國家應撥發經費，協助農民，如此他們方能做出改善，協助楓樹湖。同時，國家也應製定新的環境法，要求農戶協助。農民是最瞭解農作情況的人，因為他們四時耕作，關注這裡的環境，因此我們應該聆聽他們的說法，並信任他們將伸出援手，如此方能永保楓樹湖的健康，或至少直至另一道冰河穿過。

少年科學家

雅蒂・洛格與阿泰・江

於楓樹湖生物站

「妳打算把文章拿給妳的嬸嬸和叔叔看嗎？」阿泰問。「他們大概已經看過了。」我說。「馬克叔叔和瑪莉嬸嬸訂報紙也不是一天兩天的事了，而且不是超明顯的嗎？我已經打電話採訪過瑪莉嬸嬸了。」

上次見到馬克叔叔是在文章一刊出之後，我以為他會直接從我身旁走過去，結果他遞給我一個穀桶，要我出去餵牛，牛群就圍在穀倉外頭空地的飼料大槽邊。叔叔沒多說什麼，我也是，但他仍喊我是「最愛的姪女」，我們一起並肩工作了整個下午。

阿泰和我在生物站待了最後一個下午，我們一起清理船隻、儲存檔案、幫忙打包收拾。阿泰明天就要回紐約了，他媽媽會繼續分析所有我們蒐集來的資料。不久之後，我也會回學校了，不過戴爾先生信守了他的承諾——他會讓我加入科學俱樂部，而且我將每週去高中做實驗。

「我無法相信你要離開了。」我說。

「妳沒法那麼快甩掉我們，」阿泰說，「媽媽今年得到這邊的大學報到，誰知道未來的事情呢？說不定我會一起來，我一直沒機會跟達倫搭船出去。」他笑了笑，眼中晶光閃動。

「但願如此。」我說，「你想到佛蒙特州最喜愛的事時，會想到什麼？」

「嗯，」阿泰沉吟著。等他再次說話，卻變得十分沉靜。「我在胡亂擠奶時，妳爺爺和馬克叔叔真的很有耐心，指導我正確的方法。」

「是啊。」我笑說，「他們是值得你記住的好人。」

「還有妳。」他說，「在辦公室裡把足球踢回來給我，我知道這也許不是什麼大事，可是……我就是在那一瞬間，知道妳會成為我的朋友。」

阿泰的擁抱方式跟埃莫斯出如一轍——他全身都是骨頭和稜角，但也充滿了溫暖。

我還以為跟阿泰道別會令我很難過，但我感覺還好，我又不是永遠見不到他，我知道我一定會再看到他的。

李博士和戴爾先生拖著一疊疊的檔案進來，輕輕放到桌上。

「雅蒂，」李博士說，「跟妳工作非常愉快，妳這個暑假表現得很棒。」

我臉一紅，「謝謝妳，李博士。」

「阿泰和戴爾先生跟我說，妳這段時間很辛苦。」李博士和藹的眼中泛著光，「可是妳竟然這麼努力工作，而且堅定，又懂得好多。」

「呃，謝謝。」我說，「我是說，不用客氣，我的意思是……我很高興我接了這份差事。」我轉向戴爾先生，「對了，我可以來幫忙帶明年暑假的少年科學家，您大概會在湖上做更多研究吧，我可以在他們開始進行研究之前，先帶他們認識楓樹湖。」

戴爾先生和李博士彼此相視，臉上帶著詭異的微笑。接著戴爾先生尷尬的哈哈笑著，兩掌一拍。「是啊，」他說，「關於那件事……明年夏天大概不會有別的少年科學家了。」

「為什麼沒有？」我問，「是不是我做錯什麼了？」

戴爾先生搖頭大笑，「才不是，」他說，「不過——也許我應該直接告訴妳，但我不希望妳生氣。我們算是——為妳編設出這個職位。」

「蛤？」我問。這下子換阿泰和我困惑的面面相覷了。

戴爾先生笑到嘴都快裂了，害我忘掉自己的尷尬。

「我覺得妳很有潛力，」他說，「我知道妳今年非常難熬，李博士有個與妳同齡的兒子，妳也許能跟他處得很好……」他話音漸落。

我無法置信，這一切竟然是戴爾先生弄出來的，難怪莉莎在課堂上沒聽他提起。想到自己一開始畏縮不前，想到有人竟為了我而這般大費周章，感覺好奇怪呀。

「我跟妳說過，我在妳這個年紀時，就對科學極感興趣，」戴爾先生說，「當時沒有人鼓勵我去追夢，沒有人告訴我，我能做得到。那些都是真話，但我好像沒跟妳說，我跟我家小弟經常在楓樹湖上釣魚吧。」

他從後面口袋拿出自己的皮夾，伸手到其中一個小夾層裡。

「妳看這個。」他說，「以前那個年代，我們用的是膠捲。」

照片上是少年版的戴爾先生，也許跟我現在的年紀差不多，還有一個小男孩，年約八歲。兩人在一艘船上，戴爾先生攬著男孩的肩，男孩拎著一條鱸魚，笑得合不攏嘴。

「我一眼就能瞧得出誰是楓樹湖的鐵粉。」戴爾先生說，「雅蒂，我知道妳會願意幫忙。」

我想到跟著阿泰乘船出去是什麼樣的感覺，想到陽光照在臉上，風兒揚起我的頭髮；以及自己若想拯救楓樹湖，未來有多麼需要學習未知的一切——無論有多困難。

我對戴爾先生笑說：「謝謝。」

「不過雅蒂不是唯一從擔任少年科學家中受益的人，」李博士說著對阿泰眨眨眼，「戴爾先生跟我提出這項安排時，我覺得聽起來很棒。」

「我們知道。」阿泰翻著白眼說，但他也在笑。

「這麼說吧，這個安排對每個人都非常好。」李博士表示。「雅蒂，戴爾先生也一直跟我談到妳的志向，妳知道有一個詞，是形容研究淡水生態系統的水生生物學家的嗎？妳可以成為一位湖沼學家（Limnologist）。」

湖沼學家。這個詞在我舌上感覺超滑順的。

「明年夏天，我很希望妳來紐約市，」李博士說，「有個為期一週的密集科學夏令營，我想說服阿泰參加……當然了，如果時間跟季前賽的足球練習不衝突的話，妳會是個完美的候選人。」

博士可能注意到我紅著臉，盯著自己的手了，因為她又說：「像妳這樣有天分的學生，是有獎學金的。」

「那太酷了！」阿泰說，「妳一定會很喜歡紐約，我可以帶妳看我住的地區，帶妳去中央公園……甚至教妳怎麼搭地鐵！」

想到那個新地方，我的心臟興奮到幾乎飛起來。不過，暑假要離開楓樹湖一個星期——我一定會很想念爸爸、媽媽，而且我不曉得他們會不會讓我去。經過那晚在船上之後，媽媽開始問我想不想跟她去湖邊步道散步，也許我們下次去散步時，我再問她能否參加李博士的科學營。我相信媽媽不會立即拒絕。

28 和解

媽媽和我不發一語，我們在步道入口繫緊靴子上的鞋帶，將水壺插到健行包裡。自從那晚之後，媽媽、爸爸和我的關係好了許多，他們在文章刊出後，對文章倒沒多說什麼。爸爸抱了抱我，然後眨眨眼，甚至有一次跟我說，他很高興我能找到幫助楓樹湖以及農民的方法。可是我不太看得出媽媽站在哪一方，她就是沒說什麼，那篇文章像一顆堵在我們之間的大石頭，至少對我而言是這樣。媽媽開口要我從衣櫥裡拿出健走靴到車上與她會合時，我嚇了一跳，心裡挺緊張的。我不是埃莫斯，以前媽媽只跟埃莫斯去走這條步道，我心裡還是七上八下，不知狀況會如何。

媽媽領在我前頭，那是一條狹窄的陡徑，我看著她的靴子在泥上留下鞋印，四周盡是鳥鳴，山雀與紅翅黑鸝彼此唱和。光線穿過軟垂的雪松枝條和高聳的梣樹，交錯的映在地上。

接著我們繞過拐角，小徑變寬了，媽媽停下來，重重的喘著氣。她往後招手，要我走近些，我幾個小步趕上去，兩人開始並肩而行。

「芭芭拉・安寄了那篇文章給我。」她說。

「噢，真的嗎？」我試著維持輕鬆的語氣。

「我不知道她幹嘛寄來。」媽媽停住了，但我看得出她話尚未說完，腦子裡還轉著一些念頭，等待說出口。「好吧，我大概能猜到原因，她想確定我們真的讀了那篇文章。」

媽媽似乎並不生氣，語氣頗為溫柔，我問話時，語氣也很柔和。「所以妳看了嗎？爸爸跟我說，我寫得不錯，可是我不清楚妳怎麼想。」

此話一出，媽媽停下來看著我，「我讀啦，」她說，接著她微微一笑，「妳的文章寫得很好，雅蒂，我都不知道妳這麼能寫，我怎麼一直沒留意到。」

驕傲感由然而生，「謝謝。」

「還有——妳談到了農戶，」她說，「提到他們的重要性。」

「我跟妳說過我會提的。」我說。

她搭住我的肩，「妳確實跟我說過，妳爸爸說，他希望研究人員能聽進妳的話。」

我哈哈笑說：「他也那樣跟我說。」

「他很以妳為榮，」媽媽表示，「我們……我們兩個都是。」

「那妳當初幹嘛不信任我？」我問，「我的意思是，一開始的時候。」

媽媽嘆口氣，將我拉到其中一顆大石邊，我們一起坐到樹林間。我甚至沒發現我們已經抵達觀景臺了，整片楓樹湖便橫在底下，遠遠看上去跟我的手一樣小。媽媽和我促膝坐在石頭上，專注的看著那一片藍。

「有件事我想跟妳解釋，」媽媽說，「記得那天妳自個兒跑去湖邊，說到關於我的話嗎？」

我覺得臉頰發燙，我不太願意去想自己說過的一切。

媽媽的聲音輕柔的插進來，「妳說我放棄了，而我想說的是——妳說得對，我的確放棄了。但妳不知道的是，為什麼。」

此時空氣變得好安靜，我再也聽不到鳥叫了，感覺整座森林都在等候媽媽說話。

「雅蒂，妳知道，在妳還很小的時候，我就一直跟妳說楓樹湖的事。」媽媽說，「還會說到我在高中學到的科學。我以前學業很優秀，妳知道嗎？也許妳不知道，但我真的很用功。」

我點點頭，「莉莎跟我說過。」

「我無法選擇離家去上四年的大學，」她說，「妳爺爺、奶奶生病正需要我，而且學費也是個問題。我並不後悔為他們留在家中，可是在某個程度上，我確實也想做點不同的事，因此我從不間斷讀書，看環境科學文章、了解地方水源的研究、讀有關水生生態系統的書……」

媽媽從水壺灌了一大口水，等她再次開口時，語速有點急，彷彿想趕快把話講完，不願多想。「後來，在過去兩三年，我開始看到雜誌上有關於佛蒙特湖水汙染的文章。」她說，「但都還沒有提到楓樹湖，楓樹湖是如此的獨一無二，就像我一直跟妳說的——如此深邃清冷，而濱地郡又如此偏遠。我知道我們有沃爾瑪和公寓，但這邊不像州裡其他地區，有那麼多的建設。」

「妳在我剛開始去研究楓樹湖時，就要我去檢視工程。」我說。

「我知道。」她表示，「那很值得去檢視，不過老實說，我也讀到立法機關因州裡其他地區水汙染嚴重，而考慮對小農立法的事，我開始擔心馬克叔叔和瑪莉嬸嬸會如何。我知道楓樹湖是松河注入的地方，而我……我有不好的預感。」

媽媽深深吸口氣，然後指著楓樹湖。「但是，妳看湖水多藍，一點都不像有問題，對吧？」

「我想從這裡是看不出來的。」我說，但我已涉入此事了，便不能再裝聾作啞。或許媽媽也辦不到，「我開始看到有害的藻華，在外出走路時，在各個地方看到。」

我張大嘴巴，「妳知道藻華的事？妳怎麼從來沒跟我說！」

「之前我不願意相信，」媽媽說，「我不願去想，這裡真的會發生那種事。因為如果有可能，如果我熟悉的湖泊會改變，那麼一切都有可能改變。而果然……一切都變了。」

我不知道該怎麼想，所有媽媽跟我說過的，有關於楓樹湖、冰河、白鯨、樹的名稱——也許我想當科學家，都是因為媽媽的緣故，可是她卻做出阿泰所說的，科學家不該做的事：她握有資訊，卻毫無作為。

「然後妳哥哥就……」媽媽抿緊嘴，然後用手指壓著自己的額頭，「去年冬天，妳哥哥來找我，想跟我說……關於楓樹湖的事。」

「埃莫斯跟妳談楓樹湖？」我抱著自己的肚子，雖然不覺得冷，卻忍不住打哆嗦。

「他跟我說，他在找尋湖裡的一個東西。」媽媽幾近低語的說，「他求我教他科學家如何證實事物，好讓他也能那麼做。但我不斷的敷衍他，不希望他去調查楓樹湖，不想知道他發現什麼。」

我張著嘴，「他跟妳說過怪物的事？」

「不是的，他沒跟我說到任何詳細的內容。」媽媽表示，「我想我也沒有聽得非常仔細。我不想聽。我大概在想藻華的事吧，我並沒有忘記自己所見的情況，最後埃莫斯便不再求我了。」她用一隻手擦著眼睛，然後搭住我看著，「妳跟我們提水怪的事時，我才瞭解他一直以來想告訴我的是什麼，我真的希望自己可以好好的聽他說，也聽妳說。」

整座森林都停止呼吸了，連一絲吹動雪松枝條的風都沒有。與此同時，我雙肩一垂，確定自己還有在呼吸，我微微顫顫的吸了一大口氣。

原來媽媽還是知道一些的，她並不知道怪物的事，但知道埃莫斯在湖裡看到東西，知道埃莫斯想跟她討論什麼。也許媽媽跟我一樣感到罪惡。

「妳不希望我去當少年科學家，就是因為那樣嗎？」我問，「因為妳知道楓樹湖出了問題，但妳並不希望有人發現？」

「那是部分原因。」媽媽垂眼看著自己的手，「可是妳哥死後，我擔心的不是楓樹湖會被找出問題，而是不想再讓楓樹湖帶走我唯一孩子——也就是妳。」

「可是我愛楓樹湖呀，媽媽。」我說，「就像芭芭拉・安說的——我就想待在湖邊。我的意思是，我有可能離開一小會兒。我想參加李博士跟我說的夏令營，以後我還想去念大學，去進修。將來我還想去中國看看，阿泰跟我說了好多中國的事，可是我也想要回來……」

媽媽再次抱緊我，母女倆遠眺湖水。從這邊的高處，通常很難看得出水浪，可是突然間，波浪開始湧現，四處出現細小尖刺的光點，彼此相撞，交相疊累。接著湖泊中央——一個圓亮的形影開始潛游，並在深處旋繞，那形影來得急，去得快，接著湖面像一塊藍布似的，又蓋回了原處。

我轉身看著媽媽，她張大嘴，「妳瞧見了嗎？」我問，雖然我知道她見著了。

她緩緩點頭，「埃莫斯就是在講那個嗎？」她問。

我點著頭。「埃莫斯相信，我們所能見到的，或者——或者說，我們所能解釋的楓樹湖表面下，還有更多東西。」我說，「一開始我連找都不想找，但老實說，我在湖上待得愈久，去做李博士和戴爾先生交待給我的研究時，就愈是發現，雖然楓樹湖有很多我能瞭解的事，有許多的數據和圖表，以及我們能釐清的問題，但有更多是我永遠無法理解的事物。」

我滔滔不絕的說，媽媽直點頭，催促我繼續講。「在那邊會有一種——一種感覺。」我說，「就像在釣魚時，你可以感受到魚在咬餌，甚至看見牠們在釣線底下竄游掙扎，你把魚從水裡釣上來，卻無法真正看清牠們從哪個世界來。無論你怎麼去度量，湖裡就是——會有更多東西，某種野性的東西。」

「呃，我看到那些藻華時，」媽媽說，「我只覺得害怕，雅蒂。我不知道該怎麼說，那就是妳跟我的不同。」

「不，」我說，「我也很害怕，尤其害怕去跟馬克叔叔和瑪莉嬸嬸說。然後還要回頭告訴李博士跟戴爾先生，我們也需要聆聽農戶的意見。」

「但妳還是說了。」媽媽伸手攬住我肩膀，再次將我抱緊。

我們又靜靜的坐了一會兒，但那份沉寂與先前已截然不同。此時感覺我們終於呼吸著相同的空氣了。媽媽嘆道：「每個父母都希望孩子比自己更優秀、勇敢。」她說著把下巴

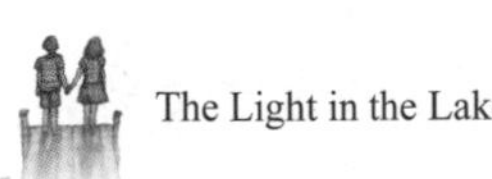

靠到我頭上，「妳就是那樣的孩子。」

我感覺媽媽身子一緊，顫顫的吸了口氣，「埃莫斯也是。」

媽媽默默滴落的淚水沾溼了我的頭髮，而我的淚則落在她指節上。

「以後會一直都像這種感覺嗎？」我問媽媽。她稍稍抽身看著我，用手拭著眼淚。

「像哪種？」她問。

我要如何形容兩人之間的氣氛？感覺氣場是有形狀的，會呼吸的？

「像是他已經走了。」我望著媽媽的臉，等候回答，但她只是笑了笑，搖搖頭。媽媽撥開我眼睛上的一綹頭髮。

「噢，甜心。」她說，「他真的走了，但他也並沒有走。妳明白嗎？」

我知道四周所見的一切——抖顫的樹葉、地面上清新的松針、揮動的翅膀、平靜的水面……都讓我想到他，但感覺也很空虛，因為他本該在的地方，都是空的。

媽媽用手掌貼住我的胸口，笑了笑，她的眼睛此時閃閃發亮。「他就在這裡呢。」媽媽啞聲說，「我不是指妳就是他，或妳必須像他。妳只要將他放在妳心裡，永遠那樣就行了。」

我按住她的手，然後閉上眼睛，等我張眼時，發現媽媽正瞅著我。我感受到一股溫暖的感覺和力量抱住我的胸口，那對隱形的臂膀將我緊抱。

「我看著妳時，」媽媽說，「我看到我的雅蒂，我勇敢的女兒。」

我想我終於也看到了。

29 金色的鱗片

我終於把埃莫斯的筆記本拿給莉莎看，並跟她提起怪物的事。我想我總算明白，對一個也深愛著埃莫斯的人保守祕密，是沒有意義的。現在我知道自己無須變得更孤僻了，我需要莉莎，她不僅僅是家人，也是我的好友。

在楓樹湖周遭的山上，有些葉子已經開始變色。我看到一大片綠意中，綴著一叢叢的橘與紅。

葉子變色時，人們便會緊張起來，每年八月都是如此。大家會開始談論霜害與秋天，但我並不擔心，那只意味著會有更多美景可欣賞——另一種不同的美。執守不變是沒有用的，一切事物都將繼續前行，就像山林一樣，無論我們想不想要它起變化。

我拍了拍自己褲子的口袋，芭芭拉・安在夏初送我的鯨齒就放在裡頭，塞在口袋深處。我的第一道線索，我心想，是我加到筆記裡的第一道。

鯨齒旁邊放著一張折起來的紙。我抽出紙張，自從莉莎給我這張紙後，我拆拆折折過無數次，好擔心摺線會裂開，但我還是把紙攤開了。

我問她，她畫裡的人都在哪兒時，她一定是聽進去了，因為莎莉在這張畫中畫了兩個人：一個男孩和女孩。兩人望著湖，所以看不到他們的臉，而且他們手牽著手。我不必問，便知道她畫的是埃莫斯和我。

我把紙折回去，然後走進湖裡，在湖裡墊起腳趾。等湖水結了冰，我就不能這麼做了。

埃莫斯總要光著腳在沙灘上待一陣子才肯穿鞋，「再待一會兒，」他會這麼說，「沙灘還夠暖。」

只有一回，他說服我跟著他奔入湖中，當時我們好像十歲吧，而且時值十月中。所有來度假的人都打包好、撤掉營帳了，沙灘上只有我們倆。

「相信我，雅蒂。」埃莫斯說，「超暖的。」他努力裝出令人信服的語氣，自己卻笑了出來，還一邊拉著我的手。

「你好壞！」我喊道，「我就知道你在騙人！」

「沒有，我發誓！」他哈哈笑彎了腰，淚水從眼中滾出來，「就像洗熱水澡哩！」

我不知道自己幹嘛讓步。「好吧，算了！」我對著風大喊，「我們來比誰跑得快！」我開始狂奔，但埃莫斯很快就追上來了，我們不僅腳趾沾到了水，還面朝下的一肚子撲上去，連衣服都搭上去了。兩人高聲大笑。

奇怪的是，雖然一開始湖水很冷，害我們連連抽氣，但仍留有一絲餘溫。這片盛夏暑熱，就躲在水的表面下，湖水像似在提醒我們：我曾經一度是暖的，而且我會再暖起來，等著吧。

等我們渾身溼淋淋，喘到沒法繼續笑著回到岸上時，全身再次感到寒意了。埃莫斯攬住我的腰，我靠在他身上，兩人涉水回到沙地上。

◗ ☾ ● ☾ ◖

此時我獨自喘著氣，盡量張大眼睛，看著湖上洶湧的波浪和一片灰藍。我涉著水，水僅探至腳踝，湖水浸潤我的皮膚，清澈而冰涼。我好想你，我說，我會永遠想你。

他是不是低語回應了，把妳的手壓到心口上？那句話懸在空中，如湖水般清晰。他的聲音感覺如此之近，我的耳朵隨之震動。不可能的，我心想，你怎麼會在這裡？

但我把手放到他叫我安放的地方，當我抽開手，翻看掌心時，我看到了一片淡金色的鱗片，比我的拇指還寬。我瞅著鱗片，汲取那份光，然後很快併指握拳。我感覺鱗片仍在掌裡，溫暖而平滑。

也許等我打開手時，鱗片會融掉。但我確知，它曾經握在我手裡。

致謝

撰寫並出版一本書的過程，有如科學，有如魔法。我很感激每位協助雅蒂完成這趟楓樹湖之旅的人。

特別感謝我的經紀人Katie Grimm，她不僅對這篇故事深具信心，並全力支持我繼續書寫神奇的大自然。Katie，她為了我孜孜不倦的工作，並提供絕佳的指引；她的睿智，令我感激至深。我也要謝謝幫忙讀稿並提出意見的Cara Bellucci。

致最嚴謹體貼的Lisa Yoskowitz，她是我夢寐以求的編輯，謝謝她打破原則，冒險接受這個悲傷的故事，除了欣賞手稿中既有的內容，也明確點出需要修正之處。謝謝Hannah Milton、Barbara Perris和Annie McDonnell，以及所有Little, Brown Books for Young Readers出版社的團隊接納了雅蒂，並將《湖中之光》變成一本真真實實的書。Ji-Hyuk Kim與Karina Granda所繪製設計的書封，亦令我驚豔不已。

所有作家都受惠於對他們惜才有加的恩師，已故的佛蒙特作家Howard Mosher正是我的指導者。他耐心的閱讀我的作品，給予回饋，並鼓勵我修訂故事。他不僅是許多作家學習的對象，也是我的好鄰居。Phillis Mosher，謝謝他撥冗閱讀並提供支援與友誼，對你們兩人的思念，無可言喻。

許多試閱者對本書的形塑有無比珍貴的貢獻，Amy、Cole以及Quintin Janssens，謝謝他們睿智而愛心滿滿的回饋。Nicole Goldstein，他是世上反應最靈敏，助力最大的評論夥伴。Rose Daigle，他對這篇故事的喜愛，讓我相信這個故事值得一說，他的點子讓故事變得更加精彩。Leslie Rivver、Liz Greenberg和Lisa Higgins，謝謝他們提供如此有益的建議和支持。感謝Zoe Strickland與Jeni Chappelle一針見血的編輯建議。Taryn Albright，謝謝他早早對本書展現信心。Jim和Nancy Rodgers，兩位在佛蒙特州West Glover 的民宿，真是個寫作的好地方。Sarah Aronson經管的The Vermont College of Fine Arts' Writing Novels for Young People Retreat是個蘊育創意與知識的好去處。

感謝Judy Lin的試閱，並不斷以她的專業經驗，豐富我的人物，非常感謝她的幫助。

本書的兩大要件——水質與農作——深植於我所深愛的地區。佛蒙特州的Northeast Kingdom是我以前居住的地方，在我心中占有一席之地，且將永遠如此。沒有那裡，就不會有這本書。我是大湖區密西根州人，因此對我而言，住在水邊，在水中嬉游，是家常便飯。水質與我們習習相關，無論我們住在都市、鄉間或郊區，因此每個人都有責任協助維護水道的乾淨。欲瞭解更多資訊，不妨深入研究地方上的分水嶺。先從neefusa.org/watershed-sleuth網站上的Michigan National Environmental Education Foundation’s Watershed Sleuth Challenge著手。

我雖然關注保育議題，卻不是科學家。因此，特別要感謝佛蒙特大學的魯賓斯坦環境及自然資源學院，分水嶺科學、政策及教育系的助理教授Dr. Kris Stepenuck校閱書中科學相關之內容，並給與我大量關於磷、分水嶺、古海洋等的資訊。同時要感謝Forest Lands經理與後勤管理Ralph Tursinir，提供明確的森林管理內容。謝謝厲害的科學老師Laurie Carr，讓我在湖區聯合高中，與她的班級討論我的故事。

我的祖父母Aaron和Irene Reinhard便是酪農，他們對動物與土地的殷切照護，令我印象深刻，我以他們的農莊，寫了很多的短篇故事。我對我的父親Donnie Reinhar深懷感激，他以自身的經驗，培養出四健會的獲獎小牛，讓莉莎這個人物以正確方式養牛；謝謝我母親Sharon Reinhard耐心聆聽整部書的朗讀。我還要感謝Megan Webster和Jim Dam的協助，他們慷慨分享自身對酪農業的經驗與知識，並閱讀本書部分內容。

沒有我家模範老公Matthew的支持，我大概根本寫不了東西。當我需要告假一天寫稿或編輯時，他總說「當然沒問題」。他對我信心十足，即使我都不相信自己了。很感謝我們的兩個心肝寶貝Aaron 和Joan，他們每天給予我激勵，並提醒我寫作的初衷。

導讀

《湖中之光》與創傷後的黎明

杜明城
前臺東大學兒童文學研究所教授

許多年前和幾位朋友相約到南加州山谷間的Crystal Lake宿營，我們蜿蜒而上，開了近兩小時的車，終於來到目的地。顧名思義，我們期盼的是一汪清澈的湖水，有群山環繞。豈料放眼望去，竟是一片乾枯，以及一堆堆散亂的垃圾。我們慶幸備了水，仍然隨遇而安，只是夜裡入耳的盡是山巔奔跑的狼嚎。閱讀《湖中之光》前，我在腦海裡先浮現了這番景象，深知湖泊其實未必如我們想像的那麼浪漫，湖的沉靜正象徵著它的神祕，我甚至懷疑，是否每座湖泊都有它自己的個性。

故事的場景設定在美國東北的佛蒙特州（Vermont），那裡遠離都會，湖山相映，想必是與自然汙染絕緣的。作者莎拉．鮑曼（Sarah R.Baughman）一開始的序曲就以低沉的筆調，把我們引進主角一家人灰濛濛的心境。愛好科學探索的女主角雅蒂和她的雙胞胎哥哥埃莫斯在湖邊成長，而比雅蒂更愛追根究柢的埃莫斯卻在探察湖泊異象的過程中沉於湖底。埃莫斯善泳，所以被水吞噬無疑鋪陳了故事的神祕性。不明的漂流物，汪汪水面的鼓聲，難以上鉤的大魚等等，在在都暗示著某種精靈湖怪的出沒，與環境科學的實地考察交織成一片交錯與反差。實證研究步步進逼，指向工廠的設立甚至是農牧業所產生的化學變化，很有可能是造成湖泊汙染的肇因，而後者牽涉到親戚看似無害的行業，威脅了他們未來的生計，也為主角帶來了科學與親情的內心衝突。工廠似乎是環境破壞的元凶，而傳統產業則是無心之過。科學的目的不在於譴責現狀，而是尋求化解之道。然而這不只是一部關於環境保護的故事，作者也沒有很明確的告訴我們科學是唯一的答案，佛蒙特的湖泊依舊神祕不可測，誰說科學就能解釋一切呢？

《湖中之光》更大的意義毋寧在於心理療癒過程的陳述，沒有人能輕易走出親人意外亡逝的事實。所以作者刻意以緩慢的節奏，安排讓埃莫斯的幽靈反覆出現。父親強顏歡笑，母親永遠愁苦，陰霾自始至終都揮之不去，此時的湖中之光象徵的是一股不祥之兆。但日子仍得過下去，莉莎經由科學探察哥哥溺水的真相，在過程中透過友情而茁長。親戚的困境可望獲得紓解，母親的胸懷也開始綻放，家庭重現生機，最後，湖中之光也就化為一道黎明的曙光。

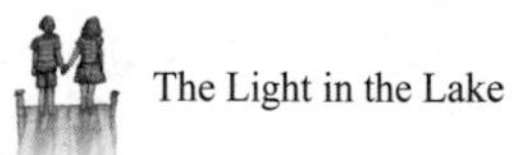

國家圖書館出版品預行編目資料

湖中之光/莎拉.鮑曼(Sarah R. Baughman)著; 柯清心譯;南君繪.
-- 初版.--臺北市:幼獅文化事業股份有限公司, 2021.12
面； 公分. -- (小說館；34)
譯自：The Light in the Lake

ISBN 978-986-449-251-0(平裝)

874.59　　110018807

·小說館034·

湖中之光 The Light in the Lake

作　　者＝莎拉·鮑曼 Sarah R.Baughman
譯　　者＝柯清心
繪　　者＝南君
出 版 者＝幼獅文化事業股份有限公司
發 行 人＝李鍾桂
總 經 理＝王華金
總 編 輯＝林碧琪
主　　編＝沈怡汝
編　　輯＝張家瑋
美術編輯＝李祥銘
總 公 司＝(10045)臺北市重慶南路1段66-1號3樓
電　　話＝(02)2311-2832
傳　　真＝(02)2311-5368
郵政劃撥＝00033368

印　刷＝崇寶彩藝印刷股份有限公司
定　價＝360元
港　幣＝120元
初　版＝2021.12
書　號＝987259

幼獅樂讀網
http://www.youth.com.tw
幼獅購物網
http://shopping.youth.com.tw
e-mail:customer@youth.com.tw

行政院新聞局核准登記證局版臺業字第0143號